俺様御曹司は義妹を溺愛して離さない

Koharu & Yuuto

なかゆんきなこ

Kinako Nakayun

EB
エタニティ文庫

目次

俺様御曹司は義妹(いもうと)を溺愛して離さない

プロローグ

「ようやく人心地つけたな、小春」

私、大神小春の傍らに立つ男性がため息混じりに呟く。彼はフルートグラスを傾け、黄金色のシャンパンで喉を潤した。

「お疲れさまです」

私は苦笑し、彼があっという間に空にしたグラスを受け取る。

ここは東京都内にある某高級ホテルのボールルーム。今日はこの広間で、とある大企業の会長の喜寿を祝うパーティーが開かれていた。

豪奢なシャンデリアの下、着飾った老若男女が極上の料理と酒を味わい、談笑している。その煌びやかな会場の片隅で、私と彼は招待客達の姿を眺めていた。

「なあ、そろそろ帰ってもいいだろう?」

パーティーの主役と取引先、知り合いへの挨拶は済ませた。もう十分役目は果たしているし、せっかくの料理と酒を楽しもうにも、女性達の化粧と香水の匂いがきつくて味わうどころじゃない。

苦虫を噛(か)み潰(つぶ)したような表情でそうぼやく彼を、私は「いやいや、もう少し頑張りましょうよ」となだめる。

彼の言う化粧や香水の匂いは、何も会場中に広まっているわけではない。ただ、先ほどまでたくさんの女性達に囲まれては逃げ、囲まれては逃げを繰り返していた彼は、すっかり鼻がまいってしまったのだろう。今だって、若いお嬢様方に捕まっていたところを「仕事の連絡が入ったので」と嘘をつき、抜け出してきたばかりだ。

こうなることはあらかじめ予想できていた。そう思いながら、私は隣に立つ彼——兄であり、上司でもある大神勇斗(ゆうと)を仰(あお)ぎ見(み)る。

百八十センチを超す長身、スポーツで鍛(きた)えられた逞(たくま)しい肉体にオーダーメイドのスーツを纏(まと)い、姿勢良く凛(りん)と立つ。彼は身内の贔屓目(ひいきめ)を抜きにしても野性的でとても男らしく、精悍(せいかん)だ。普段は下ろしている濡(ぬ)れ羽(ば)色の前髪を、今夜は整髪剤で軽く後ろに流し額(ひたい)を露(あら)わにしているのが、妙に色っぽくて様(さま)になっている。

光沢のあるネイビーの生地で誂(あつら)えた、クラシカルなスリーピーススーツがまたよく似合っていて、俳優やモデルと言われても納得できるほど格好良い。

おまけに名家の三男坊で、若くして一流企業の常務取締役に就任したエリート。かつ独身とくれば、会場にいる女性達がわらわらと寄ってくるのも道理だろう。

彼と話したがっている招待客は女性だけではない。ビジネスでもプライベートでも、彼と繋がりを持ちたいと考える人間はたくさんいるのだ。

だから彼は、昔からこういう場に参加することを苦手としていた。本人曰く、自分が鯉の餌になったような気がして嫌だし、面倒なのだそうだ。

自分に群がる女性達を鯉と称する感性はさておき、苦手と言いつつも本心を綺麗に隠し、如才ない笑顔と堂々とした態度で相手を上手くあしらうのだからすごい。未だこういう場に慣れず、緊張してしまう自分とは大違いだ。

（本当に、私がパートナー役でよかったのかな……）

兄の専属秘書を務めている私は、今日は仕事としてパーティーの同伴を仰せつかっている。

彼に恥をかかせないよう、『派手すぎず、されど地味すぎず』を心がけ、自分なりに精いっぱいドレスアップしてきたつもりだけど、どうだろう？

彼のスーツに合わせて選んだネイビーのドレスはマーメイドラインで、オフショルダー風のエレガントなデザインが気に入っている。胸元をレース生地で覆う形のドレス本体は無地でシンプルながらも、レースの花模様が華やかさを演出していた。

だが服は素敵でも、それを纏う私の容姿は平々凡々。パーティー仕様でいつもよりお化粧に力を入れたとはいえ、彼と釣り合っていないのでは？　と、心配は尽きない。

このドレスは本当に自分に似合っているのだろうか。やっぱり、着慣れたスーツ姿の方が無難だった？

ううん。そもそもパートナーは私ではなく、もっと場慣れしたベテラン秘書にお願いした方がよかったのかもしれない。……と、今更の不安が次から次へと湧いてくる。

（はあ……）

そんな気持ちで自分のドレスのスカートを見ていたら、彼が呆れた顔で、「まだ不安がっているのか」と言った。

「う……、だって……」

「そんな心配しなくても大丈夫だ。よく似合ってる」

そう言って、彼はサイドを編み込んでシニヨンにした髪型が崩れない程度に、私の頭をぽんぽんと叩く。

「ゆうちゃ……」

っと、いけない。ついいつもの呼び方が口から出かけたが、今は仕事中だと改める。

「ありがとうございます、大神常務」

「おう。というわけでお前のドレス姿も堪能したことだし、帰るか」

（あはは……。結局、行きつくところはそこなんだね）

やたらと帰りたがる上司に苦笑して、私は「仕方ありませんね」と頷いた。

先ほど彼がぼやいていた通り、必要な相手への挨拶は全て済ませてある。できればパーティーの終わりまでいてほしかったけれど、当人がこれほど嫌がっているのだから、だらだらと居座り続けるのはストレスが溜まるだけだ。

(今日は、女性の参加者がやけに多かったし)

大勢の女性達に話しかけられるという、普通の男性なら喜びそうなシチュエーションも、彼にとっては面倒でしかなかったらしい。

かくしてパーティーの途中で帰ることを決めた私達は、主催者に一言声をかけようと、相手の姿を探した。

すると目当ての人物とは別の相手が、こちらに気づく。

「大神くん！　なんだ、こんなところにいたのかね」

見事な太鼓腹を抱えた中年の男性が、笑みを浮かべて近づいてくる。隣には、ピンク色の可愛らしいドレスを着た若い女性がいた。年齢や顔立ちからして、彼の娘だと見当がつく。

「……誰だ？」

相手に聞こえないよう小声で尋ねる彼に、私も声をひそめて答えた。

「水川商事の水川社長とそのお嬢様です。うちとは直接取引はありませんが、以前別のパーティーでお言葉を交わされていましたよ」

しかし彼は「覚えてないな」と、あっさり言い捨てる。

まあ、無理もない。そういう相手は数えきれないほどいるし、いちいち覚えていられないだろう。

　そのために秘書である私がついてきたのだ。今日の招待客のデータは、全て頭に叩き込んでいる。

　せめてこれくらいの役目は果たさなければと、私は彼に相手の情報を伝えた。

「水川社長とは、前回ゴルフの話で盛り上がっておられました。ちなみに、お嬢様とお会いするのは今回が初めてです」

　小声で言い終えたタイミングで、水川社長とお嬢様が目の前で足を止める。

「久しぶりだねぇ、大神くん。よかった、君に会いたいと思っていたんだ」

「お久しぶりです、水川社長。ご挨拶が遅れて申し訳ありません」

　さっき「覚えてない」と言っていたのが嘘のように、彼は親しげな笑顔と丁寧な口調で水川社長の相手をした。

「いや何、君は人気者だからね。今日も女性陣に囲まれていただろう？　見ていたよ」

　はっはっはと鷹揚に笑いながら、水川社長は自分の娘を彼に紹介する。

「私の長女で、麻衣子というんだ。今年二十歳で、都内の女子大に通っている。君にぜひ紹介したくて、連れてきたんだ」

「はじめまして。水川麻衣子と申します」

綺麗な黒髪をふんわりと結い上げたその女性はぺこりと頭を下げると、頬を赤らめてじいっと彼を見つめた。

兄の容姿は、うら若き乙女の心をがっちり掴んだらしい。

「綺麗なお嬢様ですね、水川社長。はじめまして。大神勇斗と申します」

彼はにっこりと笑みを浮かべると、ついで私を麻衣子さんに紹介した。

「彼女は私の秘書で」

「はじめまして。大神の秘書を務めております、大神小春と申します」

「え、大神……？　もしかして、お二人はご夫婦なのですか？」

私達の苗字が同じだから、麻衣子さんは咄嗟にそう連想したのだろう。

「いえ、小春は……」

「麻衣子、彼女は大神くんの妹さんなんだよ。確か、今年から大神くんの専属秘書になったんだってね」

言いかけた彼に代わって答えたのは、水川社長だった。

「はい。今は兄の下で勉強させてもらっています」

「ええっ、ご兄妹なんですか!?」

麻衣子さんは目を見開き、信じられない……と言いたげな表情を浮かべた。

こういう反応には慣れている。野性的な美形の兄に対し、凡庸(ぼんよう)な容姿の妹。私達はまったくといっていいほど似ていない。

だって、私達は……

「びっくりです～。全然似てないんですねぇ」

麻衣子さんは私の方を見て、くすっと笑った。

その笑顔には、わずかながらも嘲(あざけ)りの色が滲(にじ)んでいる。

（あはは……）

このお嬢様、見た目は清楚(せいそ)で可愛いけれど、なかなかにいい性格をしているらしい。

「こら、失礼だろう麻衣子」

水川社長も言葉でこそ娘をなだめたものの、その顔は笑っていた。

「いいんですよ。似ていない兄妹だとは、よく言われますので」

そう彼がとりなすと、水川社長は「ははは」と笑い声を上げ、私に視線を向けた。

「似ていないのは当然だ。何せ、彼女は――」

「……っ」

「小春」

水川社長が言うのを遮(さえぎ)り、彼が私の名を呼ぶ。

「悪いが、飲み物をとってきてくれないか。シャンパンをもう一杯頼む。水川社長とお嬢様もいかがです？」

「あ、ああ。じゃあ、私も同じ物をお願いするよ」

「私はグレープフルーツジュースがいいです」

「かしこまりました。少々お待ちください」

一礼し、私は足早に彼らのもとを離れた。

兄はたぶん、用を言いつけることで、私をあの場から逃がしてくれたのだろう。

「はあ……」

水川社長がさっき言いかけたことは、おそらく私の出自についてだ。

別段隠してはいないが、人が大勢いる場所で、あんな風に笑いながら話されたくはない。兄の気遣いは、ありがたかった。

（シャンパン二つと、グレープフルーツジュース一つ……だったよね）

近くにスタッフの姿がなかったので、飲み物が置かれているテーブルに私が直接向かう。

今日のパーティーは立食形式で、そこかしこに料理や飲み物を並べたテーブルがあった。会場の端には歓談用のテーブルセットがいくつか設えられている。

他にも、商談のためのボードルーム、いわゆる会議室を上の階に二部屋ほど押さえてあるのだとか。

さすが、日本有数の大企業。会長の喜寿祝い一つに、えらい気合の入れようだ。

あまり食べられなかったけれど、少しだけ口にしたお寿司もお酒もすごく美味しかった……と思いつつ目当てのテーブルに行き、持っていた空のグラスを戻す。ついで、小さめのトレイにシャンパンのグラスを二つとグレープフルーツジュースのグラスを一つ載せた。

「おお、小春ちゃんじゃないか」

（うっ。こ、この声は……）

背後から聞こえてきた声に、嫌な予感を覚えつつ振り向く。そこには、趣味の悪いスーツに身を包んだ中年の男性が立っていた。

脂ぎった肌に、ニヤニヤと下卑た笑いを浮かべる分厚い唇。彼はどことなくガマガエルを髣髴とさせる。

「源田専務……。専務も、飲み物をお求めですか？」

この男性はうちの会社と取引のある企業の専務で、私と何度か接待や契約の場などで顔を合わせたことがある。今日のパーティーでも、すでに挨拶を済ませていた。

「ああ、ワインを取りに来たんだ。うちの秘書は小春ちゃんと違って気が利かなくてねぇ、何度言っても間違えて持ってくるから、自分で足を運ぶことにしたんだよ」

「そうなんですね」

愛想笑いを浮かべて相槌を打ちつつ、私はさりげなく源田専務と距離をとった。

この人は、秘書達の間で密かに『セクハラガエル』とあだ名されるほどのセクハラ常習者なのである。うちの女性社員が何人も被害に遭っているし、かくいう私も過去に何度かお尻を触られたり、遠回しに枕営業を求められたりしたことがあった。

部下に対する態度も横柄で、いつも無理難題を秘書や部下に押しつけるせいで、会う度に同伴者の顔が変わるというのは有名な話。

つまり、一対一ではなるべく会いたくない相手だ。

(秘書が飲み物を間違えるっていうのも、指示通り持ってきたものに「自分が言ったのはこれじゃない」「お前の聞き間違いだ」とか言って、いちゃもんつけてるだけなんだろうなぁ)

源田専務付きになってしまった秘書に同情を禁じ得ない。あの会社も、どうしてこんな問題のある人間を重役に据えているのか。

「いやあ、さっき会った時も思ったけど、今日の小春ちゃんは一段と可愛いねぇ。やっぱり若い女の子はいいなぁ。特に、小春ちゃんみたいに胸の大きい子、おじさん大好き」

(ひぇ……っ)

人の胸元をじろじろ嘗め回すように見ながら言う源田専務に、嫌悪感が湧く。

うん、ここは早く退散しよう。

「大神が待っておりますので、私は失礼いたしますね」

「まあまあ、もう少しいいじゃないか」

（げっ）

立ち去ろうとした私の腕を、源田専務がはしっと掴む。

汗ばんだ手に触れられて、ぞわっと鳥肌が立った。

「実はね、小春ちゃんの会社にまた新しい仕事をお願いしようと思ってるんだ。その話、聞きたいだろう？」

「そ、そういうお話でしたら、常務の大神も交えて……」

というか、そんな話があったならさっき挨拶した時に口にしていたはずだ。どうせ嘘に決まっている。

「いやいやいや！　おじさんはまず先に、小春ちゃんだけに教えてあげたいんだよ。ね？いいでしょ？」

私の腕を掴んでいた手が、今度はさりげなさを装って背中、そしてお尻に回った。

（ちょっ……！）

「やめてください、源田専務」

「ん～？　声が小さくて聞こえないなぁ」

（こ、この、セクハラ親父！）

大声を出さなかったのは、こんな場所で騒ぎを起こしてはお互いに困ると思ってのことだ。

そもそも、取引先のパーティーでよその会社の秘書にセクハラ行為を働くだなんて、何を考えているのか、この人は。

「お願いですから、放しっ――」

「おや、源田専務じゃないですか」

なんとか源田専務から離れようとしたその時、聞き慣れた凛々しい声が割って入ってきた。

「お、大神くん……」

水川父娘と談笑していたはずの兄がにっこりと笑みを浮かべ、源田専務の顔を一瞥する。

その表情は、口元こそ優美に弧を描いていこそすれ、目はまったく笑っていない。

「うちの小春に、何かご用でも？」

丁寧な口調ながらも凄みのある声と鋭い眼光に気圧されたのか、源田専務は慌てて私から身を離すと、「いや、いやいや、す、少しおしゃべりしていただけだよ」と言ってこの場を後にした。

目下の相手にはとことん横暴に振る舞う源田専務も、取引先の重役であり、名門一族の御曹司である彼には弱いらしい。

「……ったく、あのスケベ親父が」

その後ろ姿にチッと舌打ちをし、兄が小声で悪態をつく。

そして私を見て、「ちょっと目を離すとすぐこれだ。おい小春、今すぐ帰るぞ」と言った。

「えっ、でも、水川社長とお嬢様は？」

「会社から急な連絡が入ったって言って抜け出してきた。問題ない」

私が離れたあと、彼は予想通り水川社長に娘さんとの縁談を打診されたらしい。

当たり障りのないよう断っても食い下がられ辟易していた時、私が源田専務に絡まれているのに気づいた。そこで適当な言い訳をでっちあげ、水川父娘と別れて助けに来てくれた……と。

「ありがとう。でも、迷惑かけてごめんなさい」

自分がもっと毅然と対応できていたら、兄の手を煩わせることもなかっただろう。

秘書として彼をサポートするために同伴したというのに、逆に手間をかけさせてしまって、申し訳ない。

そう落ち込む私に、彼は「俺こそ、お前を一人にして悪かった」と謝る。

「ゆうちゃん……」

「……呼び方。まだ仕事中だろ」

ふっと笑って咎めるその声は温かくて、私を見る瞳も表情も優しかった。

「あっ、ご、ごめんなさい」

私は普段、兄のことを『ゆうちゃん』と呼んでいる。

だが、彼の言う通り今はまだ仕事中だ。

「失礼いたしました、大神常務」

「ああ。それじゃ、主催者に挨拶してここを出るぞ」

「はい」

兄にエスコートされ、主催者のもとへ向かう。

そこで途中退席する失礼を詫びた私達は、そのまま会場のホテルを後にした。

(また、ゆうちゃんに助けられちゃったなぁ……)

私はもうずっと、それこそ初めて出会った時から、彼に守られ、助けられてばかりだ。

ちょっと口の悪いところもあるけれど、優しくて頼りになる上司であり、格好良くて自慢の兄でもある、ゆうちゃん。

私とはかけらも似ていない、私の……大切な家族。

水川社長が言っていたように、私達が似ていないのは当たり前のことだ。

だって、私は彼の本当の妹じゃない。

私達に、血の繋がりはないのだから……

☆★☆

私、大神小春は、本当の親が誰かもわからない元捨て子だ。

初冬の、穏やかな春に似た日和が続く時節に生まれたから『小春』と、そう名付けてくれた今の両親が実の父母ではないと知ったのは、物心ついたころ――確か、幼稚園の時……だった気がする。

世間では、親や兄姉が「お前はうちの子じゃない。実は橋の下で拾った子なんだ」と言って子どもを脅かしたりすることがあるらしいが、我が家の場合は冗談にならないからか、家族にそんな言葉をかけられたことはない。

まあ、私は橋の下ではなく森で拾われた子どもなんだけれど。

私は生後間もないころ、大神家が所有する別荘近くの森に捨てられていたのだそうだ。

白いおくるみに包まれ、木の根元で泣いていた私を見つけてくれたのは、この時たまたま家族と別荘に滞在していた大神家の三男坊、大神勇斗――ゆうちゃんだった。

当時五歳だったゆうちゃんは、朝方、家族の目を盗んでこっそり森へ探検に出かけていたらしい。

すると、木立の奥から泣き声がしたので、猫でもいるのだろうかと思って探してみたら、人間の赤ん坊……つまり私が転がっていた、というわけ。

どんな事情があって別荘地の森に捨てられたのかはわからないけれど、この時彼に発見されていなければ、私は人知れず命を落としていただろう。

そして幼いゆうちゃんは、私を抱えて別荘に戻った。

突然赤ん坊を抱いて戻ってきた三男坊を見て、家族はパニックに陥ったという。まあ、五歳児がどこかから赤ちゃんを連れてきたのだから、そりゃあびっくりするよね。

そんな中、彼は私を「こいつは俺が見つけた。だから俺のものにする！」と言い張って放そうとせず、「赤ちゃんを渡しなさい」と迫る大人の手から逃げ回ったと聞いている。

とはいえ、所詮は五歳の子ども。すぐに捕まって赤ん坊を取り上げられた。

他の家族は「俺のものって……」と呆れていたそうだけど、この話を聞いた時、私は嬉しかった。

私はゆうちゃんのものだからこれからもずっと傍にいていいんだ、って。そう思えたから。

その後、私はゆうちゃんの強い希望もあり、また私を捨てた人物も肉親も見つからず他に引き取り手もいなかったことから、大神家に養女として迎えられた。

私はとても幸運だ。

『小春』という名前を与えてくれた大神家の両親は、私を実子と分け隔てなく深い愛情を持って育ててくれたし、上の兄二人も年の離れた妹をとても可愛がってくれた。

父方の祖父母だって、躾(しつけ)こそ厳しかったけれど、それは兄達に対しても同じだったし、差別することなく本当の孫のように接してくれたのだ。

私を見つけたゆうちゃんも、少しばかり乱暴で俺様気質なところはあったものの、根は優しくて面倒見が良く、何くれとなく私の世話を焼いてくれた。

私はそんなゆうちゃんのことが大好きで、小さいころからずっと、彼の背中ばかり追いかけていたように思う。

家族はみんな、私に優しい。

私を家族として、温かく受け入れてくれた。

もっとも、捨て子であった私を快く思わない人達は、周りにたくさんいる。

私が引き取られた大神家は古くから続く名家で、複数の会社を傘下(さんか)に収める大企業の経営者一族でもある。

そんな一族の本家に、どこの馬の骨とも知れない娘を養女として迎えるなんてとんでもないと、反対する親戚は多かったそうだ。

祖父母や両親の手前、あからさまに言われることこそなかったとはいえ、家族の目の届かないところで意地悪されたり、嫌味を言われたり陰口を叩(たた)かれたり……なんてのはよくあることで。

だから私は、両親から事情を説明されるより早く、物心つくころにはすでに自分が捨て子で、家族とは血が繋がっていないのだと自覚していた。

他の子ども達が当たり前のように持っている家族との血縁――確固たる繋がりを、私だけが持っていない。

それは私にとって、今も昔も変わらない最大のコンプレックスだ。

親戚だけでなく隣近所でもこそこそ噂されて、幼いころはよくいじめっ子達に『捨て子』とか『もらわれっ子』とかと、からかわれたっけ。

そういう時、反論もできずめそめそ泣くばかりだった私を助けてくれたのは、ゆうちゃんだった。

私がからかわれていると、どこからともなくやってきて、いじめっ子達を蹴散らしてくれたのだ。

今でも時折夢に見る。

あれは確か、私が小学校に入学して一月ほど経ったころのことだ。

最初は私の事情を知らなかった同級生も、うちの近所に住む子達の口から私が捨て子であることを聞かされて、からかってくるようになっていた。

その日、私は当時六年生だったゆうちゃんと一緒に帰る約束をしていたため、昇降口近くで彼を待っていた。そこへ同じクラスの男の子達が近づいてきて、「お前、捨て子なんだってな」と言ってきたのだ。

ああ、またかと思いつつ無言で俯く私を小突いて、男の子達は笑いながら囃したてる。

『やーい、親なしっ子』

『親に捨てられるなんて、カワイソーなやつ～』

『お前、いらない子じゃん』

『……っ』

意地の悪い笑顔で絡んでくる男の子達が怖かったし、面白半分にからかわれて、悲しかった。特に『いらない子』という言葉が、胸にグサグサ突き刺さったなぁ。

自分は生みの親にとって『いらない』存在だったから、捨てられたんだ。

迷惑をかけたら、邪魔になったら、今の家族にも捨てられるんじゃないか。このころの私は、そんな恐れを漠然と抱いていた。

『うっ、ううっ……』

『うわー、こいつ泣いてやんの！』

『泣き虫～！』

たまらず泣き出した私を見て、いじめっ子達は笑う。

そこへ、ゆうちゃんが駆け寄ってきて――

『うちの小春をいじめてんじゃねー！』

って、一喝(いっかつ)してくれたんだ。

『やべえ、六年の大神だ!』

『逃げろ!』

当時、ゆうちゃんは六年生の中でも一番背が高くて体格も良かったから、怒ると迫力があった。その剣幕に気圧(けお)され、いじめっ子達は蜘蛛(くも)の子を散らすように逃げていく。

『次また小春に変なこと言ったらぶっ飛ばすぞ!』

ゆうちゃんは、慌てて走っていくいじめっ子達の背中に拳(こぶし)を振り上げて怒鳴った。

『うえっ、えっ、ゆ、ゆうちゃ……』

『お前もお前だ。あんなやつらに泣かされてんじゃねーよ』

『だ、だって……』

『だってじゃねー。ほら、帰るぞ』

『うう〜っ』

『……ったく、しょうがねぇなぁ。今日のおやつ、俺の分もちょっとお前にわけてやるから、いい加減泣きやめよ』

そう言って、私の手をぎゅっと握ってくれたゆうちゃんの掌(てのひら)の温(ぬく)もりを、私は今でも鮮明に覚えている。

彼はいつも、いじめられている私を助けてくれた。

周囲の心ない言葉に傷ついて泣いている私を、ぶっきらぼうな言葉で慰めてくれた。

ゆうちゃんは私の命の恩人で、頼もしい兄で、大切な家族で……

そして、私の大好きな人。

捨て子だ、養子だとあれこれ言われて、辛いことがないと言ったら嘘になるけれど、それでも「私は幸せだ」と、断言できる。

今、私がこうして生きて幸福を感じていられるのは、あの日私を見つけてくれたゆうちゃんのおかげなんだ。

私はその恩に報いたい。家族の――ゆうちゃんの役に立ちたい。

そう一心に思いながら、私は今日まで歩んできたのだった。

一

まだまだ夏の気配が色濃い、九月のある朝のこと。

アラームが鳴る寸前、ぱちっと目を覚ました私は、枕元のスマートフォンを手に取り目覚ましアプリを解除した。

早起きが習慣になっているので、いつもアラームが鳴るちょっと前に起きるんだよね。

寝付きと寝起きがいいのは、密かな自慢だ。

（……また、昔の夢を見ちゃった……）

覚醒したばかりの頭に思い描くのは、昨夜見た夢のこと。小学生のころ、いじめっ子達に囲まれていたところをゆうちゃんに助けられた記憶だ。

あれから二十年近く経ち、私は再来月で二十六歳になる。

（子どものころのゆうちゃんも、格好良かったなぁ……）

私は布団の中で、ふふっと笑みを浮かべた。

それから、小学六年生のゆうちゃんと夢で会えた喜びに浸りつつ、スマホで天気予報をチェックする。起きたら真っ先に天気予報を確認するのは、社会人になってからの癖だった。

（ええと……）

本日、東京都の予報は晴れのち曇り、降水確率は十パーセント。これなら傘はいらないな。

予想最高気温は……うわ、高い。熱中症に気をつけよう。

九月に入ったというのに、関東地方はまだまだ暑い日が続いている。

「んんーっ」

上半身を起こして、思いっきり伸びをした。

「今日も頑張るぞ」と気合を入れ、ベッドを下りる。

乱れた布団を軽く直してからウォークインクローゼットに入り、通勤着に着替え、寝室を出る。

洗面所で顔を洗い、肩上で切り揃えた髪の寝癖をちょいちょいと直したら、エプロンを身につけて朝食作りだ。

実家で一緒に暮らしていた祖父が「一日の元気は朝食で作られる！」という考えの人だったため、朝ごはんは毎日しっかり、たっぷり食べるのが大神家の家訓だ。

メニューは同居人の好みで、和食が多い。昨夜炊飯器をセットしておいたので、今朝も和食だ。

おかずは週末に作り置きした常備菜のきんぴらごぼうと、小松菜のお浸し。それから塩鮭を焼いて、明太子入りの出汁巻き卵を作る。お味噌汁の具は大根と油揚げ。

（あ、納豆もあるんだった）

冷蔵庫から納豆のパックを取り出し、小鉢に移す。

出来上がった料理をダイニングテーブルに並べ、お茶の用意をして、準備完了！

（ん、時間もぴったり）

そろそろ同居人を起こす頃合いだと、私は彼の寝室へ向かう。

現在住んでいるこの家は、通勤に便利な都心の高層マンションである。大神家が所有する物件の一つで、間取りは2LDK。

東京郊外に大きな屋敷を構える実家もかなり広いけれど、この部屋も二十五歳の小娘が住むには分不相応なほど広くて立派だ。

私は七年前から、この部屋で三番目の兄——ゆうちゃんと一緒に暮らしている。

私の大学進学を機に、当時社会人二年目だった彼が「通勤にも通学にも便利だし、実家を出るぞ」と、私を連れてここに引っ越したのだ。

一人暮らしじゃなくていいの？　私も一緒でいいの？

そう思ったが、ゆうちゃんが「家政婦雇うの面倒だろ」と言ったので、「ああなるほど、家事要員が欲しかったのか」と納得した。

私は昔から家事——特に料理が好きで、実家ではよく通いの家政婦さんの手伝いをし、色々教えてもらっていたから。

私としても、ゆうちゃんと一緒にいられ、彼のお世話をさせてもらえるのは嬉しく、否やはなかった。

事情を知った友達には、「血の繋がらない兄妹が一つ屋根の下に二人きり!?　それ、大丈夫なの？」なんて言われたりもしたけれど、それこそ赤ん坊の時からずっと一緒に暮らしてきたのだ。今更、ゆうちゃんを異性として意識することは……

……ないと言ったら嘘になる、かな。

命の恩人で、ずっと私を守ってくれて、誰よりも格好良くて頼りになる、ゆうちゃん。

彼に対する気持ちが、他の家族に向けるものとは違うものに変わってきていることに、私はかなり前から気づいていた。

私は、ゆうちゃんが好きだ。

そう、家族としても、異性としても。

つまり、私は血の繋がらない兄に恋愛感情を抱いてしまっている。

けれど、それを表に出してはいけない。

だってそんなことをしたら、きっと彼は困る。

私が中学生のころ、だったかな。ゆうちゃんが上の兄達に、「お前と小春って、本当に仲が良いよな」「将来は結婚するのか？」とからかわれている場面に出くわしたことがある。

ゆうちゃんはなんとも嫌そうな顔で、兄達に「そんなわけないだろ。あいつは妹だ。女として見てないし見れない」と答えていた。

私は、その時すでにゆうちゃんに淡い恋心を抱いていたから、ショックだったなぁ……あと、心のどこかで「自分はゆうちゃんの『特別』なんだ」って、思い上がっていた気持ちに冷や水をかけられたような心地がした。

もしかしたらゆうちゃんと結婚できるかもしれないと、その可能性があるんじゃないかと驕っていた自分が恥ずかしくてたまらなかった。

でも、仕方ない。

私は彼にとって、妹であり、自分の所有物――子分みたいなもの。恋愛対象として見ていないからこそ、今もこうして一緒に暮らしていられるんだ。

その関係を、壊したくない。

「……ふう」

私は未練がましく心に燻る想いをため息と共に吐き出して、頭を切り替える。

そして目の前の扉をコンコンとノックし、声をかけた。

「ゆうちゃん、起きてる？　朝ごはんできたよ」

……返事はない。

私はいつものことだと気にせず扉を開けた。

分厚いカーテンに遮られた薄暗い室内の、奥にドンと置かれたクイーンサイズのベッドの上、こんもりと盛り上がった布団の山がわずかに身動ぎする。

「ゆうちゃん？」

動きはあるが、応えはない。たぶん、まだ寝惚けているのだろう。

私は中へ踏み入って、バルコニーに面した掃き出し窓のカーテンをシャッと開く。

「……眩しい」

部屋の中が明るくなると、布団の山から不満げな声が漏れた。

（あ、いつの間にか顔だけ出してる）

「おはよう、ゆうちゃん。今日は晴れのち曇りだって。朝からいいお天気だね」

「おはよ。……いい天気すぎて腹立つ。あー、今日も暑くなりそうだな。家から出たくない」

ゆうちゃんはぶつくさと文句を言いつつ、布団を押しのけた。

半袖のTシャツにゆったりとしたハーフパンツを寝間着にしている彼は、「くああっ」とあくびをする。

（……っ）

その寝起き姿を見て、私は毎朝ドキッとしてしまうのだ。

まだ寝足りないとばかりに眠たげな顔はどこか稚くて可愛いし、Tシャツの襟元から覗く鎖骨が妙に色っぽい。顎にうっすらと生えた髭さえセクシーに見えて、落ち着かない気持ちになる。

私は彼から目を逸らし、内心の動揺を誤魔化すように「今朝はゆうちゃんの好きな明太子入りの出汁巻き卵作ったよ。早く支度して一緒に食べよう」と言った。

「お、マジか。あれメシが進むんだよなぁ。味噌汁の具は？」

「大根と油揚げ」

「よし。今日もメシ大盛りで頼むわ」

そう言いつつ、ゆうちゃんはベッドから下りてウォークインクローゼットに向かう。

その途中、すれ違いざまに私の頭をぐしゃぐしゃっと撫でた。

（わっ。もうっ、また……）

何かと私の頭を撫でるのは、ゆうちゃんの昔からの癖だ。

私的には、好きな人にかまってもらえるのが嬉しい反面、彼の中ではいつまでも子どものままなのかなあと思え、ちょっと複雑だったりする。髪もぐしゃぐしゃにされちゃうし。

私は乱れた髪を直し、ついでにゆうちゃんがいなくなったベッドをささっと整えてから、一足先にキッチンに戻った。

彼が着替えている間に、お味噌汁を軽く温め直す。

ほどなく、お味噌汁のいい匂いがふんわり広がっていった。

この、どこかホッとする匂い、大好き。

（朝はやっぱりご飯とお味噌汁だよねぇ）

私にとってお味噌汁の匂いは、家族みんなで食卓を囲む、幸福な思い出の象徴でもある。

だからか、この匂いを嗅ぐと胸がぽかぽか温かくなるんだ。

（ゆうちゃんの分は大盛り……っと）

二人暮らしを機にゆうちゃんが買ってくれた、お揃いのお茶碗とお椀にご飯とお味噌汁をよそって、ダイニングテーブルへ。

そして二人分の緑茶を湯呑に注ぎ終えたころ、身支度を済ませたゆうちゃんがやってきた。

大神家御用達のテーラーで仕立てたオーダーメイドのスーツに身を包み、まだネクタイを結んでないシャツの襟元をくつろげている。そんな彼は、さっきまでの気の抜けた姿とはまた違って、すごく格好良い。百八十センチ超えの高身長に加えて体格も良いため、スーツがよく似合うんだよね。

「お、納豆もある。でかした、小春」

「ふふっ。ご飯とお味噌汁のおかわりもあるから、いっぱい食べてね」

六人掛けのダイニングテーブルに向かい合わせで座った私達は、いつものように声を揃えて「いただきます」と手を合わせ、お箸を手に取った。

ゆうちゃんは私が作ったごはんを、今日も「美味い、美味い」と食べてくれる。

そんな彼を見ているだけで、気持ちがふわふわと浮き立った。

「……ん？　どうした、小春」

「ううん、なんでもない」

朝からもりもりとごはんを食べるゆうちゃんの姿に見入っていたなんて言えるはずもなく、笑顔で誤魔化す。

彼はそんな私のお皿から、「それ食べないなら、俺がもらうぞ」と、明太子入り出汁巻き卵を一切れ奪っていった。

「ああっ、酷い！」

食べないなんて一言も言ってないのに！

「はっはっは」

ゆうちゃんは無情にも、私に見せつけるように出汁巻き卵を口にする。

けれど、私がむっすーと顰め面をしたら、「冗談だよ、冗談」と自分の分の出汁巻き卵を一切れ、私の口元に運んだ。

「……っ」

「ほら、食え」

（く、食えって。だってこれじゃ、いわゆる「はい、アーン」ってやつで……）

わざわざ身を乗り出してまでこんなことしないで、普通にお皿に戻してくれたらいいのに！

どうしたものかと思ったけれど、再度ゆうちゃんに「ほら」と促され、私はおずおずと出汁巻き卵を口にした。

思いがけず好きな人に「アーン」をされて、心拍数が上がる。

「美味いか？」

「……ん、美味しい」

そう答えたものの、本当はドキドキしすぎて、味わう余裕なんてなかった。

「だろう」

って、なんで作ってもいないゆうちゃんが自慢げに笑うかな。

（……でも）

そんな笑顔も可愛いとか、そういうところも好きだなぁって思ってしまうあたり、私はだいぶ、彼にまいっているのかもしれない。

一度フラれているも同然なのに、血の繋がらない兄への恋心を未だ捨てきれないなんて。

（だめだなぁ……、私）

朝食を終え、ゆうちゃんが食器を洗ってくれている間に、私は歯磨きをして、メイクを済ませる。

最初は、「洗い物も私が……」と申し出ていたのだが、彼が「これくらいやらせろ」と言って譲らなかったのだ。

家事要員として私を同居させている割に、ゆうちゃんは何くれとなく家事を分担している。水回りのお掃除とか、ゴミ出しとか。

ただ料理は苦手みたいなので、私は主に飯炊きとしての役割を求められているのだろう。

なんてことを改めて考えつつ、自室のドレッサー前に座って化粧をする。

大きめの鏡に映るのは、美形揃いの家族とは似ても似つかない、平凡な顔立ち。

たとえ周りにあれこれ言われなかったとしても、この顔を見れば家族と血の繋がりがないことくらい、いつか察しただろうな。

みにくいアヒルの子って、きっとこんな気分だったに違いないと思うことがしばしばだ。もっとも、あちらは最終的に美しい白鳥に育つけれど、私にそんな成長は望めない。

家族の中で私一人だけ垂れ目だし。髪の毛だって、黒髪ストレートの家族とは違って色素が薄い焦げ茶色な上、少し癖がある。雨の日は、湿気でぼわっと広がって厄介だ。

体格も、百五十五センチと小さいくせに胸だけは育ってしまって、バランスが悪い。友達からは羨ましがられるものの、胸元に布が引っ張られて服が綺麗に着られず、私にとってはコンプレックスだ。

「……はあ」

せめてもう少し綺麗な容姿だったなら、周りに色々言われずに済んだのだろうか。

そう思わずにはいられない凡庸な顔に、社会人として失礼にならない程度の化粧を施した。劇的なビフォーアフターを演出できるほどのテクニックは、私にはないのだ。

（……よし）

十五分ほどでメイクを済ませ、通勤用の鞄の中身をチェックして自室を出る。

リビングでは、洗い物を済ませたゆうちゃんがソファに腰かけて私を待っていた。

「小春、ネクタイ」

「はーい」

面倒くさがりな彼は、いつも私にネクタイを結ばせる。

ソファから立ち上がったゆうちゃんの前に行き、手渡されたネクタイをしゅるりと首に巻きつけた。途端、彼の身体から香る爽やかな香水の匂いに、胸がキュンとする。

この時期に彼が好んで使う香水は、清涼感の中にかすかな甘さと男の色気を感じさせる逸品で、ゆうちゃんの魅力をより引き立てていた。

こうしてネクタイを結んであげる度に、まるで奥さんみたいだなって……思ってしまう。

彼としてはなんてことない習慣なんだろうけれど、私は毎朝、胸から溢れそうになる恋情を隠すのに必死だ。

（私、顔赤くなったりしてないよね……？　大丈夫、だよね？）

「……はい、できたよ」

「ん。じゃ、そろそろ行くか」

「うん」

上司と部下でもある私達は、もちろん出勤場所も同じ。

ゆうちゃんは大学卒業後、大神家が大株主を務めるグループ企業の中核会社に入社した。そこは私達の祖父が立ち上げた会社で、パソコンを中心としたＯＡ機器の販売や、企業向けの情報処理システム、通信システムの開発と販売を行っている。

入社後、彼は一族の期待に応えて順調に功績を重ね、現在は三十一歳という若さで常務取締役の重責を担っている。

本家の三男坊だから重役になれたのだと色眼鏡で見る人もいるが、ゆうちゃんは身内の贔屓目を抜きにしても優秀で、上の兄達と共にグループを背負って立つ人物だ。

そして私も、捨て子だった自分を引き取り、何不自由なく育ててくれた両親の恩に報いたい。大好きな家族や、ゆうちゃんの役に立ちたいと思い、大学卒業後、彼と同じ会社に入った。

入社してしばらくは研修としてあちこちの部署を回り、その後希望通り秘書課に配属され、今年の春から常務であるゆうちゃんの専属秘書として働いている。

「ゆうちゃん、忘れ物ない？」

「ああ」

部屋を出て、向かう先はマンション地下にある住人専用の駐車場だ。通勤には電車ではなく車を使っている。

私達はゆうちゃんの愛車に乗り込み、会社へ向かった。

本来なら秘書の私が運転手を務めるべきなんだろうけれど、彼が「俺が好きで運転するんだから、いいんだよ。お前は黙って隣に乗っとけ」と言って、ハンドルを渡してくれないのだ。

実際、ドライブ好きなゆうちゃんの運転はとても上手で、安心感がある。

「小春、今日の予定は？」

「ええと、十時から第三会議室で企画会議。十二時から営業部にてランチミーティング、昼食は月乃屋(つきのや)の仕出し弁当を注文しています。そのあと、午後一時から——」

移動中は、運転の妨(さまた)げにならない程度にその日のスケジュールについて簡単に打ち合わせる。

通勤時間は二十分ほど。自社ビルの裏手にある社員用の駐車場に車を停めて、建物の中へ。

この時間、会社の一階にあるホールは出勤してきた社員達で大いに賑わっていた。

（うーん、今日も視線がすごいなぁ……）

毎度のことながら、ゆうちゃんと並んで歩くと周りの視線をビシバシ感じる。特に女性社員達からの眼差(まなざ)しが熱い。

何せ彼は大神グループ総帥の息子で、会社の重役。裕福で将来性ばっちりな上、独身のイケメンだから、女性社員からの人気がすこぶる高いのだ。

元々存在感があるというか、人目を引く人であるゆうちゃんが現れると、みんな彼に視線を奪われる。

そして、いつも彼にひっついている『血の繋がらない妹』の私に、厳しい目を向けるのだ。

小学校くらいまでは、主に男子達から捨て子であるということを理由にいじめられていた私だが、中学校に上がったころから、女子に攻撃されるようになった。

地元でも有名な大神家の美形三兄弟に可愛がられている血の繋がらない妹が気に入らないという女子が、とても多かったのだ。

中には、私を懐柔して兄達に近づこうとする女の子もいたけれど、ゆうちゃんがそういうのをめちゃくちゃ嫌がるため協力を断っていたら、私が兄達を狙っていると邪推されて、余計に敵視されもした。

私はそのころからゆうちゃんに対する恋愛感情を自覚していたものの、だからって彼を狙うとか、恋人になりたいとか、そういう気持ちはない。

故に昔も今も、協力はできないが邪魔もしないというスタンスでいるのだけれど、私がゆうちゃんの傍にいるだけでもう目障りなんだろうな。

それは社会人になった現在も変わらない。私、会社では兄を追ってコネ入社した金魚のフン扱いされているからね。

もちろんそんな人ばかりではないものの、大半の女性社員と一部の男性社員に白い目で見られている。

会社の人間には大神家の親戚も多く、どこの馬の骨ともわからない私が、本家の娘として遇(ぐう)されているのが気に入らないという気持ちは、わからないでもない。

コネ……しかも超強力なやつを持っていることは事実だしね。

ただ、私はちゃんと他の社員と同じ入社試験を受けてここに入ったし、相応の努力はしてきたつもりだ。なんら恥じるところはない。

そんなわけで今朝も社員達の視線を浴びつつ、ゆうちゃんと共に役員専用のエレベーターに乗り込む。彼の執務室と秘書課は同じフロアにあるので一緒に降りて、ゆうちゃんと共に常務室へ。

そこで朝一番のコーヒーを淹(い)れてから退室し、秘書課に向かった。

始業までまだ余裕があるこの時間、秘書課のオフィスには早めに出勤している人の姿がちらほらある。

「おはようございます」

挨拶(あいさつ)をすると、大半の人が「おはよう」と返してくれる。けれど、一部無視する人もいた。

まあいつものことだしとあまり気にせず、私は自分のデスクについて、パソコンを起動する。

「大神さん、昨日頼んでいた資料はできているかしら」

まずはメールチェック……とソフトを立ち上げたところで、課長の宮崎紫乃（みやざきしの）さんに声をかけられた。

宮崎課長は御年（おんとし）四十八歳のベテラン秘書で、黒髪ショートカットがよく似合うキリッとしたキャリアウーマン。大神家の娘だからと私を贔屓（ひいき）することも敵視することもなく、公平に接してくれる。部下思いで頼りになる、憧（あこが）れの上司だ。

「はい。ファイリングしてこちらに……」

（あれ？）

私は昨日退勤前に仕上げた資料を取り出そうと引き出しを開け、ふと違和感を覚える。

（ファイルの位置がずれてる？）

デスクの右袖にある一番下の深い引き出し。そこの奥側に差しておいたはずのファイルが、手前に移動していたのだ。

（誰かが一度取り出したのかな）

もしやと思い中身を確認してみると、資料はところどころコーヒーか何かの染（し）みで汚れ、文字が滲（にじ）んでいる。こんな状態で課長に渡すわけにはいかない。

（もしかして……）

私は斜め向かいのデスクを使っている三つ上の先輩――さっき私の挨拶を無視した永松千夏さんに視線を向けた。

セットに時間をかけていそうな巻き髪、勝気な顔に濃いめのメイクを施した彼女は、真っ赤な唇をニヤニヤと弛ませてこちらを見ている。

（……ああ、なるほど。はいはい。そういうことですね）

引き出しに入れておいた資料は、おそらく永松さんの手によって汚されたのだろう。

こういう嫌がらせは初めてではない。

永松さんはゆうちゃんを狙っている女性社員の一人で、私が秘書課に配属された当初は優しかったものの、彼との仲を取り持つよう頼まれたのを断って以来、すっかり目の敵にされていた。

おまけに彼女がずっと希望していたという大神常務専属秘書の座まで私が奪う形になったものだから、敵意は増す一方。「どうせあんたも大神常務狙いなんでしょ」「だから私の邪魔をするんでしょ！」って、ある意味お決まりパターンの悪態を吐かれたこともある。

しかし、永松さんに限ったことじゃないけれど、本当にゆうちゃんの恋人になりたいと思うなら、一応は彼の妹である私に嫌がらせをするのは悪手だと思うんだけどなぁ。私がゆうちゃんに告げ口するとは考えないいんだろうか。

（もちろん、そんなことで彼を煩わせたくないからしないけど）

私はため息を吐きそうになるのを堪え、課長に謝罪した。

「申し訳ありません、課長。資料に汚れがあったので、印刷し直します。少々お待ちいただいてもよろしいでしょうか？」

「ええ、かまわないわよ」

「ありがとうございます」

私はさっそく資料のデータを開いて、再印刷をかける。

結構な量があったが、最新式の複合機が高速でプリントしてくれた。

（一、二、三……）

ページや内容に抜けがないかを確認して、新たにファイリングしたそれを宮崎課長に手渡す。

「お待たせいたしました、課長。こちらをどうぞ」

「ありがとう。……うん、よくまとまっているわね。大神さんが作る資料はいつも見やすくて、助かるわ」

ファイルを受け取った彼女は資料をチェックすると、にっこり微笑んだ。実年齢よりうんと若く見える課長は、笑顔にも華がある。

「ありがとうございます」

尊敬する上司に褒められて、嬉しい。

去り際、宮崎課長はこっそり小声で「あんまり酷いようなら相談してね。私から言って聞かせるから」とも言ってくれた。永松さんと、その一派による嫌がらせのことだろう。

私は微苦笑を浮かべ、同じく小声で「ありがとうございます」と答える。

まあ今のところ、挨拶を無視されたり聞こえよがしに嫌味を言われたり睨まれたり、今朝みたいにちょっとした仕事の妨害をされるくらいで済んでいる。永松さんも大事にする気はないらしく、嫌がらせの一つ一つはささいなものだ。

こういうことには慣れているし、問題ない。というか、私を攻撃してくる分にはいいんだ。

一番こたえるのは、私のせいで家族が悪く言われること。家族に迷惑をかけることだ。

昔から、捨て子である過去や養女である事実を理由にあれこれ言われてきたけれど、私は自分が誹られるより、私を引き取ってくれた家族が非難の的になったり、害される方が何倍も辛い。

実際、私のせいでゆうちゃんに怪我を負わせてしまったこともある。

忘れもしない。あれは、私が小学三年生の夏だ。

ある日突然、私の親戚を名乗る人達が家にやってきて、私を引き取りたいと言い出した。その代わり、金銭的に援助をしてほしいと。

実を言うと、そういう連中はこれまでにもたくさんいた。

彼らは出自のはっきりしない私をダシにして、大神家から金銭を毟り取ろうとしていたのだ。

よく「宝くじに当たると、知らない親戚から電話がかかってくる」とか、「親戚が増える」と言うけれど、それと似たようなものだろう。

大抵は両親に追い返されてそれきり。

でもその中で一組だけ、諦めの悪い人達がいた。

彼らは援助を引き出せないことがわかると私を誘拐し、身代金を要求しようと考えたのだ。

なんでも、多額の借金を抱えた中年の夫婦だったらしい。彼らは大人達の目を盗んで私に接触、産みの親が会いたがっていると告げた。

『小春ちゃんを捨てたことを、今では心から悔やんでいる』

『せめて一目だけでも元気にしている姿が見たいと、いつも泣いている』

そう唆され、愚かにも私はその言葉を信じてしまった。

大人になった今でこそ「私の親は育ててくれた大神家の両親だけ」と割り切れているが、あのころは、実の両親に対する憧れ……というか、幻想をまだ捨てきれずにいたのだ。

彼らは何か止むに止まれぬ事情があって、私を捨てざるを得なかったんじゃないか、と。

大神家を離れ、実の親と暮らしたいと思ったわけじゃない。ただ、血の繋がった家族がどんな人達なのか知りたかった。

自分が捨てられた理由を、親の口から直接聞きたかった。

そして私は、大神家の両親に知られたらきっと反対されるからという相手の口車に乗り、こっそりと屋敷を抜け出す。

しかし、私の様子がおかしいことに気づいたゆうちゃんが後を追ってきて、中年夫婦の車に乗り込もうとしていたところを引き止める。

中年夫婦は慌てて、無理やり私を連れ去ろうとした。それをゆうちゃんに邪魔されて激昂（げっこう）し、隠し持っていたナイフを振り回す。

『小春、逃げろ！』

『ゆうちゃんっ！』

この時、ゆうちゃんは私を庇（かば）って右腕を切られた。

そのあとすぐ、騒ぎを聞いて駆けつけた大人達に取り押さえられて犯人が警察に捕まり、誘拐は未遂に終わる。結局、彼らは私の血縁でもなんでもなく、産みの親が誰なのかはわからずじまい。

事件後、家族は私の浅慮（せんりょ）を叱（しか）り、けれど「小春が無事でよかった」と言ってくれた。特に母と祖母は泣きながら、「小春はうちの子だ。どこにもやらない」と言ってくれた。

怪我を負ったゆうちゃんでさえ、「あんな連中の言うことをホイホイ信じるやつがあるか！」と怒ったものの、それ以上私を責めることはない。

……でも、私は申し訳なくてたまらなかった。

私が馬鹿なことをしたせいで、ゆうちゃんが怪我をした。

そもそも私がいたから、こんな厄介事が起こったんだ。

誘拐未遂の件だけじゃない。私がいなければ、両親が親戚を名乗る連中から度々お金の無心をされることもなかっただろう。

自分のせいで家族に迷惑をかけたくない。

その思いは今も強く、私の胸に刻まれている。

（……といっても、未だに私のせいで色々言われちゃってるんだけど……）

ゆうちゃんが私を専属秘書に指名した時も、「公私混同しているんじゃないか」とか、「身内贔屓がすぎる」とか、陰口を叩かれていた。

だから私は家族がこれ以上悪く言われないよう、私を専属にしてくれたゆうちゃんの判断は間違っていなかったんだと思ってもらえるよう、仕事で応えなくちゃ、もっと頑張らなくちゃと思っているのだった。

午前中の仕事をこなしているうちに昼休みになり、私は秘書課に届いたゆうちゃん用の仕出し弁当と参加者分のお茶を営業部のミーティングルームに用意してから、昼休憩に入った。

（うーん、今日は社員食堂で済ませようかな）

専属秘書とはいえ、四六時中彼の傍についているわけではない。今回のランチミーティングも同席しなくていいとのことだったので、今日の昼はフリーなのだ。

すると折良く、同期の友人から「よかったら、今日は一緒に社食でランチしない？」とお誘いのメールが届く。

私は快諾し、社員食堂前で友人と落ち合った。

「急にごめんね、小春」

「ううん。誘ってもらえて嬉しかったよ～」

私にランチのお誘いメールを送ってくれたのは、人事部に所属している朝倉紗代。私は『紗代ちゃん』と呼んでいる。

彼女は綺麗な黒髪を一つに結い、赤いフレームの眼鏡をかけたモデル体型の美人さん。入社したばかりのころの研修で同じ班になって仲良くなった。

さっぱりとした気性の姉御肌で付き合いやすい彼女とは、予定が合う時にランチを一緒にしたり、飲みに行ったりもしている。

「小春、今日は何にする？」

「そうだなあ……。あっ、Aランチ美味しそう」

私達は社員食堂の入り口近くに掲示されたメニューを眺めながら、あれこれと相談し合う。

うちの会社の食堂は男性向けのがっつりメニューから女性向けのヘルシーメニューまで種類豊富でかつ美味しいので、こうして選ぶ時間も楽しい。

「うん、決めた。やっぱりAランチにする」

「そっか。んー、私もAランチにしようっと」

というわけで私と紗代ちゃんが揃って選んだのは、本日のAランチ。メインが大根おろしとツナのパスタで、トマトサラダ、フルーツゼリーが付いている。

自動券売機で食券を買い、カウンターに提示すると、ほどなく食堂のおばちゃんから料理が渡された。顔馴染みになっているおばちゃんは、「おまけだよ」と言ってサラダのトマトを一つ増やしてくれる。

トマト好きだから嬉しい！　ありがとう、おばちゃん。

紗代ちゃんと二人、「得したね」「ね～」と笑い合い、食堂の奥にある二人掛けのテーブルに向かい合わせで座った。

（……ゆうちゃんは今ごろ、料亭の仕出し弁当を食べながらランチミーティング中かぁ）

手を合わせて「いただきます」と口にする。その瞬間、ふと浮かんだのは、昼休みにも仕事をしている彼のこと。

（そうだ。あとでゆうちゃんにお弁当のどのおかずが美味しかったか聞いて、家でも作ってみようかな）

プロの味には敵わないまでも、彼が喜んでくれる料理のレパートリーを増やしたい。

そんなことを考えつつパスタをフォークで巻いていると、トマトサラダをつついていた紗代ちゃんがニヤけた顔で「あんた、まーた大神常務のこと考えてるでしょ」と言い出した。

「うっ」

紗代ちゃん、鋭い。

「離れていても、あんたの頭の中は常務のことでいっぱいなのね。秘書の鑑だわ」

もっとも、仕事だからってだけじゃないんでしょうけど、と紗代ちゃんは含み笑いを浮かべる。

「そ、そんなことは……」

……なくもない、です。はい。

実は紗代ちゃんには、私の気持ちを知られている。

以前、二人きりの飲みの席で酔っ払い、ゆうちゃんに対する長年の恋心をうっかり打ち明けてしまったことがあるんだ。

それまで誰にも話せなかった想いを、彼女は親身になって聞いてくれた。

今日みたいに時々からかってくることもあるけれど、私にとって紗代ちゃんは数少ない心許せる友人であり、貴重な相談相手だ。

「もう、告白しちゃえばいいのに。あの人だって、まんざらでもないと思うわよ？」

周りの席が空いていて、聞き耳を立てている人がいないからだろうか、今日の紗代ちゃんはぐいぐい踏み込んでくる。

「……前にも言ったけど、そんなつもりはないの。今の関係を壊したくないし」

私達はあくまで兄妹。上司と部下にはなれても、恋人にはなれない。

そもそもゆうちゃんは私を女として見ていない、つまりは恋愛対象外なのだ。想いを告げたって困らせるだけ。

「そうは言うけどさぁ、この先どうするのよ。先月、二番目のお兄さん――雅斗さんだっけ？　も結婚して、次は常務の番だって、彼狙いの肉食女子達が騒いでたわよ。親戚だってうるさいんでしょう？　常務だってもう三十超えてるし、縁談とか来てるんじゃないの？」

紗代ちゃんの言う通り、数年前に結婚して今は二人の子どもがいる長兄に続き、次兄のまさ兄も最愛の人と結ばれた。ちなみに長兄の晴斗――はる兄はグループ内の私達とは別の企業で副社長、まさ兄も長兄と同じ会社の専務取締役を務めている。

「縁談は、実家にたくさん来てるみたいだけど……」

まさ兄の結婚が決まって以来ゆうちゃん宛ての縁談が増加したって、実家の母がぼやいていたっけ。大神家、それも本家の子息と縁づきたいって人達のターゲットが、唯一の独身となったゆうちゃんに集中しているのだ。

先日出席したパーティーで彼がやたらと女性達に囲まれたのも、そのせい。

「ただ、うちは祖父母も両親も、子どもに政略結婚はさせたくない、結婚相手は本人に決めさせるって考えの人だから、断っているみたい。ゆうちゃ……大神常務も、今は仕事が忙しくて結婚どころじゃないって言ってる」

……でも、いずれはゆうちゃんも誰かと結婚することになる。

そうなった時、今までみたいには彼の傍にいられなくなると、紗代ちゃんは心配してくれているのだ。

わかっている。兄妹とはいえ、血の繫がっていない女が訳知り顔でゆうちゃんにひっついていたら、お相手の女性が気を悪くするものね。

当然、同居は解消となり、私が今やっている彼の身の回りのお世話は、妻になる人に委ねられる。

私達が今後も家族で、兄妹であることに変わりはないけれど、距離は今よりも確実に遠くなるだろう。

「…………っ」

想像しただけで胸がきゅうっと締め付けられる。でも、仕方のないことだ。

「小春……」

「……大丈夫。私も、この先のことはちゃんと考えているの」

まさ兄の縁談が決まったあたりから、私は将来のことを強く意識するようになっていた。

（もし、ゆうちゃんが誰かと結ばれたら……）

その時には、彼の傍を離れようと思っている。

だって、大好きな人が別の女性と幸せな家庭を築くところを間近で見続けるのは辛い。

きっと、平静ではいられなくなる。

だから、ゆうちゃんの結婚を見届けたら地方の支社に異動願いを出して、東京を離れようかなと考えていた。

物理的に距離を置き、時が経てば、この不毛な恋心や彼への執着も、薄れてくれるのではないだろうか。

（もし私が女じゃなくて、男だったら……）

血の繋がらない兄に報われない想いを抱くこともなく、弟として、家族として、彼の傍に居続けられたのかなぁ……

ふと、詮無いことを考えてしまう。

二十五年前、森の中で拾われてからずっと一緒にいてくれたゆうちゃんと離れるのは寂しい、悲しい、辛い。本当は、離れたくない。

遠からず訪れるだろう別れを覚悟しなくちゃと思うのに、未練を断ち切れない。

（……ああ、だめだなぁ。こんなだから、紗代ちゃんにも心配をかけちゃうんだ）

決して告げることのできない想いの終着点は、自分の心の中にしかない。

自分で消化するしかないんだと言い聞かせて、私はフォークに巻きつけたパスタを口にする。ポン酢の染みた大根おろしの爽やかな酸味が、口いっぱいに広がった。

「おろしパスタ、美味しいね。夏にぴったり」

「……もう九月だけどね」

紗代ちゃんはそう苦笑して、自身もおろしパスタを食べる。私がこの話題を切り上げたがっているのを察してか、それ以上はもうゆうちゃんの件に触れることはなかった。

（ありがとう、紗代ちゃん）

昼食を終えた私は、紗代ちゃんと別れ秘書課に戻る。

すると、宮崎課長にちょいちょいと手招きをされた。

「大神さん、ちょっといいかしら」

なんでも専務が私を呼んでいるらしく、すぐ執務室へ向かうようにと伝えられる。

（専務が……？）

うちの会社の専務取締役――大神栄司は祖父の末弟で、私達兄妹にとっては大叔父にあたる人物だ。年齢は確か……祖父よりも父に近い六十四歳。

現在、我が社の社長と副社長のポストには一族の外の人間が就いている。そんな状況、大神家の血を引く自分の上に一族の外の人間が立っていることが気に入らないようで、大叔父は反社長・副社長の派閥を作り、何かと対立していた。

社長も副社長も父が信頼している、とても優秀な人達なんだけどね。

ちなみにゆうちゃんは社長・副社長派。専務派の陣営に与しているのは、主に大叔父のコネで入社した分家の人達だ。

まあ、とにかく大叔父はそういう考えの人で、どこの馬の骨ともわからない捨て子の私のことも昔から蛇蝎のごとく嫌っていた。

そんな大叔父からの呼び出しとか、正直とても気が重い。

なんだろう。勤務態度が悪いとか礼儀がなっていないとか、難癖をつけられ嫌味&お説教コースかな……。過去にも何度かやられたことがあるんだよね。

専務にも専属の秘書がいるし、呼び出される用件の心当たりなんてそれくらいしかない。

（気が重いなぁ……）

とはいえ、上役からのお召しを断るわけにはいかず、私は専務の執務室に向かった。

重厚な扉をノックして、「大神小春です」と声をかける。

すると一呼吸置いて「入りなさい」と応えがあった。私はいつも以上に所作に気を配りながら入室する。大叔父の前で下手な立ち居振る舞いを見せると、嫌味が倍になるからね。

「おお、小春。急に呼び出して悪かったな」

（えっ！）

ところが予想に反し、大叔父はにこやかに私を迎えた。

詫びの言葉をかけられるなんて初めてで、つい動揺が顔に出る。

「い、いいえ、お気になさらず」

私は慌てて平静を装い、「それで、ご用件は？」と尋ねた。

「小春、フジヨシ・コーポレーションという会社は知っているな？」

「はい」

東京に本社を構えるフジヨシ・コーポレーションは、元は江戸時代創業の紙問屋で、現在は紙製品の製造と販売を行っている、業界大手の企業だ。昔からうちのＯＡ機器を使ってくれているお得意様で、重要な取引先の一つでもある。

「先日、フジヨシの御曹司が我が社を訪れたことがあったろう」

「ええ」

ＯＡ機器部門は専務が担当していて、対応したのも大叔父なのだけれど、ゆうちゃんと私も挨拶させてもらった。

その時初めて対面したフジヨシの御曹司はゆうちゃんより三つ上の三十四歳で、優しげな顔立ちをした、感じのいい男性だった覚えがある。

しかし、その彼が今回の呼び出しにどう繋がるのか。

話の行方がわからず戸惑う私に、大叔父は予想外の言葉を放った。

「どうもな、その時に彼が、お前を見初めたらしい」

（……えっ、えええっ……！）

み、見初めた……？　私を……!?

驚きのあまり表情を取り繕うのも忘れて、私はぽかんと呆ける。

「あちらは、お前の生い立ちも全て承知で縁談を持ちかけてくださっている。なあ、小春。お前のような人間にはもったいないくらいの話だと思わないか？」

大叔父は言葉の端々に私への嘲りを滲ませ、ニヤニヤと上機嫌に笑った。

「藤吉家と縁を結べれば、会社にとっても大神家にとっても大きな益となる。血の繋がりのないお前を今日まで育ててくれた両親に、恩返しができるぞ」

（そんなこと、急に言われても……）

自分が結婚するなんて考えてもいなかった。まして、私と結婚したいという人が出てくるなんて、思いもしなかったのだ。

いずれゆうちゃんが結婚したら、距離を置かなくちゃと思い描くばかりで……

（……でも、そうか。私が先に結婚して、ゆうちゃんから離れる選択肢もあるのか……）

正直、一度会っただけの男性に愛情を持てるようになるかは、わからない。

ううん、たとえ相手が誰であっても、彼以上に好きになれる気がしない。

けれど会社や家のための結婚なら、家族やゆうちゃんの役に立てるなら、耐えられるのではないか。

「……っ」

（いや、でも、やっぱり急な話すぎて……）

「とにかく、来週の日曜日に見合いの席を設けたから、必ず来るように。詳細はあとで伝える」

黙りこくった私に焦れたのか、大叔父は苛立ちを滲ませてそう言い放った。

「えっ」

（来週の……って。もう日にちまで決まっているの？）

相手は取引先の人だし、そこまで話が進んでいては、とても断れそうにない。

「ああそうだ。この件はまだ内輪だけの話だからな、本決まりになるまで口外はしないように。家族にも、もちろん勇斗にもだ」

「……わかり、ました」

結局私はその場では頷くことしかできず、用は済んだとばかりにシッシと手を振る大叔父に一礼して、執務室を後にしたのだった。

二

大叔父に縁談を持ちかけられてから一週間と数日が経ち、ついにお見合いの日を迎えた。

緊張からか珍しく眠りの浅かった私は、朝目覚めるなり、ベッドの上で「はあ……」と重いため息を零す。

相手が取引先のご子息で、私に話があった時点ですでに話が進んでいたため、断るに断れなかった今日のお見合い。正直、とても憂鬱だ。

本当、なんで私なんかが御曹司のお眼鏡に適ったんだろう。

いざ顔を合わせて、思っていたのと違うのでこの話はなかったことに……なんてならないかな。

私はそんな期待を抱きつつ朝の家事を済ませ、気乗りしないまま身支度を始めた。

前日に悩み抜いて決めた、淡いピンク色のボックスワンピースに袖を通す。これは襟(えり)元(もと)と七分丈の袖口、裾(すそ)に黒のラインが入っていて、お腹(なか)の前で黒い幅広のリボンを結ぶ。上品かつ可愛らしいデザインで、ＴＰＯには合っている……と思う。

それに合わせるのはワンピースの色合いに似たピンクベージュのパンプスと、黒のワンハンドルバッグ。どれも今年の秋用にと、夏のボーナスで買ったものだ。

（まさか、お見合いに着ていくことになろうとは……）

買った時には考えもしなかったよ。今後はこの服を見る度、今日のことを一番に思い出す羽目になりそうだ。

続いて、ストレスのせいかコンディションがあまりよろしくない顔にお化粧をする。普段よりちょっぴり時間と手間をかけて、メイクを施(ほどこ)した。

それもこれも、全ては相手に失礼がないようにという気構えからだ。

何せ先方は、我が社にとって大事な取引先の御曹司。一社員としては、専務である大叔父の顔を潰(つぶ)すわけにはいかない。

そう、これは仕事みたいなものなのだと鏡の中の自分に言い聞かせる。

我が社の——ひいては家族やゆうちゃんのためになるのだと思えば、なんとか乗り切れる気がした。

（……よし）

身支度を整え、リビングに向かう。すると寝間着姿のままソファに座って新聞を読んでいたゆうちゃんが、私を見て訝しげな顔をした。

「なんか、やけに気合の入った格好してるな。友達と映画だっけ？」

（うっ……）

大叔父の言いつけ通り、お見合いの話は彼に内緒にしていて、今日は大学時代の友人と映画に行くと話してあるのだ。

「そ、そうかな？　久しぶりに会う相手だから、ついお洒落しちゃった……のかも」

「ふーん……」

ゆうちゃんは納得したのかしていないのか、よくわからない返事をする。

（うう……っ）

切れ長の真っ黒い目にじっと見据えられて、隠し事をしている後ろめたさから、私は及び腰になった。

嘘をついていることを見透かされている気がする。

「………っ」

ああ、ゆうちゃんの視線が怖い。

普段の私なら、ここでたまらず白状していたかもしれない。

（だけど、誰にも話すなって念を押されているし、何より……）

お見合いの件を黙っていたことを、ゆうちゃんはたぶん怒ると思う。

でも、もし、彼が今回の縁談を喜んだら？

そして、快く賛成したら？

頭の中に、「よかったじゃないか」「幸せになれよ、小春」と、私に笑顔を向けるゆうちゃんの姿が浮かんだ。

……だめだ。想像しただけで胸が苦しくなる。

だって、大好きな人に他の男性との結婚を祝福されるなんて、辛すぎる。

いずれは話さなければならないのだとしても、私はまだ、その苦しみを受け止める覚悟ができていない。お見合いに臨むだけでいっぱいいっぱいだ。

「じゃ、じゃあ、いってきます！」

これ以上ここにいてボロが出ないようにと、探るみたいな彼の視線を振りきって、私は予定より早く家を出た。

事前にメールで告げられたお見合いの開始時刻は午前十一時。場所は都内にある高級ホテルのラウンジだ。ホテルは大神グループの系列会社が運営しているもので、これまでにも親族や会社の集まりで何度か利用したことがある場所だった。だから大叔父も、ここを会場に指定したのだろう。

マンションの前でタクシーを拾い、会場へ向かう。

今回は、大叔父と先方のご両親は立ち合わず、二人だけで会うことになっている。釣書なども用意せず、お互いの簡単なプロフィールは大叔父を通して交換していた。

結局ホテルには三十分ほど早く着く。私はトイレで念入りに身だしなみを確認してからラウンジに入った。

なんとなく見つけられやすそうな席に座って、ホットコーヒーを頼む。

でも一口飲んだだけで胸が塞ぎ、それ以上口をつける気にはなれなかった。

「はあ……」

まだ相手が来ていないのをいいことに、ため息を一つ。

もし本当に先方がこの縁談に乗り気なのだとして、私はこれから顔を合わせる人と結婚することに……なるのだろうな。

まず断る理由がない。大叔父の言う通り、私にはもったいないほどの相手で、会社と家の役にも立てる。

さすがに「他に好きな人がいるので、今は結婚なんて考えられません」と話すわけにもいかない。言ったら最後、大叔父に「相手は誰だ！」としつこく追及されるに違いなかった。

（それに、ゆうちゃんと結婚できないなら、相手が誰でも……）

一瞬、投げやりな考えが頭を過(よぎ)る。

「……っ」

そんな自分に嫌気がさし俯(うつむ)いて膝の上でギュッと拳(こぶし)を握っていると、頭上から声をかけられた。

「大神小春さん？」

はっとして顔を上げた先に、今回のお見合い相手――藤吉俊充(としみつ)さんが立っている。どうやら彼も、約束の時刻より早く到着したらしい。

「は、はい。大神小春です」

私は慌てて立ち上がり、頭を下げた。

「以前、一度だけお会いしましたね。改めて、藤吉俊充といいます。今日は無理なお願いを聞いてくださって、ありがとうございます」

「いえ、そんな、とんでもないです」

そんなやりとりのあと、私達は向かい合って席につく。

藤吉さんは大きめのスーツケースを持ってきていて、それを椅子の隣に置いた。

（……？）

出張帰りか、もしくはこのあと出張に出るのかな？

フジヨシ・コーポレーションは国内外に支社を多く持っていて、次期社長である藤吉さんはあちこち飛び回っていると、前に会った時に聞いた気がする。

「いらっしゃいませ。ご注文は？」

「彼女と同じ、ホットコーヒーで」

彼はタイミング良く近づいてきた店員さんに注文を伝え、私ににっこりと微笑みかけた。

「今日は少し肌寒いですね」

「そうですね」

私はぎこちない笑みと共に頷きを返す。

こうして顔を合わせるのは二度目の藤吉さんは、染めた茶色の髪がよく似合う、優しげな顔立ちのイケメンさんだ。

清潔感のある白いカットソーに、すっきりとしたシルエットのグレンチェックのスラックスを合わせ、黒のジャケットを羽織っている。

シンプルな装いが彼のスタイルの良さを引き立てていて、自分に合う服をわかっている人なんだなぁと感じた。

（ゆうちゃんは、こういうかちっとしたデザインのジャケットはあんまり好きじゃないんだよね。結構似合うと思うんだけど……）

ついここにいない人のことを考えてしまう。

（だめだめ、お見合いに集中せねば……）

でも、こういう席ではどんな会話をすればいいんだろう？

挨拶はさっき済ませたし、やっぱりこう「ご趣味は？」とか……？

いや、お互いの趣味は大叔父を通して交換したプロフィールの中に書いてあったっけ。

私の趣味は料理で、藤吉さんの趣味は読書と映画鑑賞……だったかな。「最近読んだ本は？」とか、「最近観た映画は？」って、聞いてみるべき？

……と、あれこれ思案していると、藤吉さんがぽつりと呟いた。

「やっぱり可愛いなぁ」

「えっ？」

「ああ、いや、すみません。以前、そちらの会社でお会いした時も小さくて可愛らしい方だなぁと思ったんですよ。それで、お付き合いしている人がいないならぜひと大神専務に相談したら、この場をセッティングしてくれて」

「は、はぁ……」

小さくて可愛らしい？　私が？

思ってもみないことを言われ、戸惑う。

（この人の美的センス、ちょっとおかしいのでは……）

それとも今のはただのお世辞で、他に私との結婚を望む理由があるのかもしれない。

養女とはいえ大神本家の娘だから、とか。

……うん、きっとそうだ。私を結婚相手に選ぶ理由なんて、それくらいしか思い浮かばない。

「ありがとうございます。お世辞でも嬉しいです」

私は社会人になって培った営業スマイルを浮かべ、お礼を言う。

ところが藤吉さんは、「お世辞だなんて！」と声を大きくした。

「俺は本気でそう思ってますっ！」

（ええ……？）

どこからどう見ても平凡オブザ平凡の、この私を？

「それに、声もすごく可愛くて」

（声？）

別に、普通の声だと思うのだけれど……

「初めて会った時、運命だって思ったんです！」

（う、運命ときましたか……）

なんだか、藤吉さんの様子がちょっとおかしくなってきたように感じるのは気のせい……じゃないよね。うん。

目が爛々としているというか。微妙に鼻息も荒くなっているみたいだ。

それから、視線。さっきから、私の顔と胸元を交互に凝視しているのがちょっと……

「…………っ」

私は気まずさを誤魔化すために、コーヒーに口をつけた。

ぬるくなったコーヒーはあんまり美味しくなくて、苦みが強い。そういえば、砂糖を入れるのを忘れていた。

「すみません。突然こんなことを言われても、困りますよね」

「いえ……」

まさか「そうですね。困ります」なんて言えるわけもなく、私は微苦笑で応える。

相手は取引先の御曹司。失礼があってはいけない。これも仕事の一環と思って、営業モードでなんとか乗り切ろう。

「……実は俺、本当はアニメとかゲームが大好きで……」

「はあ」

「いわゆるオタクってやつなんですけど、好きな神アニメの推しキャラに、大神さんがめちゃくちゃ似てるんです！」

（へぁっ⁉）

か、神アニメの、推しキャラ……？

営業モードで乗り切ろうと決意した端から動揺を与えられて、表情が取り繕えなくなる。

しかし藤吉さんは私の困惑を知ってか知らずか、早口でまくし立てた。

「昔のマイナーなアニメなので大神さんは知らないかも。でもホント、声もそっくりで！その、背が小さいのに、む、胸が、大きいところとかも、まんまで」

彼の視線が再び私の胸に向けられる。

（ひっ……）

オタクに偏見はないし、なんなら私だってアニメやゲームは好きだけれど、見知らぬキャラクターに自分を重ねられ、明らかに性的な眼差しを向けられると、嫌悪感が先に立つ。

感じのいい男性だという第一印象は、もはや総崩れだ。

「お付き合いしてる人、いないんですよね？　今日ここに来てくれたってことは、俺との結婚を前向きに考えてくれているってことですよね？」

「え、えっと、あの……」

（ど、どうしよう）

会社や家族のためになるならと、縁談を受け入れるつもりもあるにはあったが、生理的に無理だ。この人と夫婦としてやっていける気がしない。

　でも相手は大事な取引先の御曹司だし、どう断ったら角が立たないんだろう。涙目で答えに窮していたら、藤吉さんはさらに身を乗り出して言い募った。

「自分で言うのもなんですが、俺って結婚相手としてはかなりお買い得だと思うんです。お互いの家や会社の利益にも繋がりますし。あ、俺、大神さんが捨て子だってのも気にしてません。むしろ特別な生い立ちって感じがして、萌えるというか」

「……っ」

　長年のコンプレックスを安易に「萌える」などと言われ、不快感で表情が歪む。

「俺、実は昨日からここの上の階に部屋を押さえてるんですよ。で、大神さんに着てほしい衣装もいっぱい持ってきていて」

「えっ」

　部屋をとっている？　私に着てほしい、衣装？

（ま、まさか、そのスーツケースの中身って……）

　完全にどん引き状態の私にかまわず、藤吉さんはニヤニヤと口元を弛ませた。

「ね？　俺と一緒に、お着替えしましょ？」

「ひっ」

（き、気持ち悪い……！）

「じゃあ、行きましょうか」

彼はおもむろに席を立ち、私の腕を掴んで強引に引き上げる。

「やっ……」

とたん、触れられたところからぞわっと鳥肌が立った。

「やめてください……っ」

咄嗟に彼の手を振り払おうとしたのに、藤吉さんはかえって私の腕を握る力を強め、放さない。

「痛っ……！」

「ははは、大丈夫ですって。責任はちゃんととりますから」

責任って……。笑いながら何を言っているの、この人。

「いやっ」

「騒がないで。おとなしくついてきてください」

さらに彼は、「あまり事を荒立てたら、お互い困ることになりますよ？」と脅してくる。

「大神家だって、醜聞は避けたいでしょう？」

「……っ」

家族に迷惑をかけることを何よりも恐れる私は、その言葉で口を封じられた。

彼の言う通り、こんなところで騒ぎを起こしたら、会社の関係者や親戚達の耳にも入る。また「これだからどこの馬の骨ともわからない娘は」「だから養子に迎えるのを反対したのに」などと言われるに違いない。家の体面にも傷がつき、家族に迷惑がかかる。

（それはだめ！）

本当は、声に出して周りに助けを求めたかった。

でも、そのせいで大事になったらと思うと竦んでしまう。

（誰か……、誰か助けて……！）

このままでは、ホテルの部屋へ連れ込まれる。

（いや、いやだ……！）

こんな人の好きにされたくない！

（助けて……っ、助けて……ゆうちゃん……!!）

たまらず、心の中で最愛の人に助けを求めた瞬間――

「うちの小春に何してくれてんだ、テメエ」

聞こえるはずのない声が、私の耳に届いた。

（え……っ）

「ゆう……ちゃん……？」

いったいいつの間に現れたのか、藤吉さんの背後にゆうちゃんが立っている。

（ど、どうして彼がここに……？）

「放せよ」

ゆうちゃんは怒気を露わにして藤吉さんを睨みつけると、彼の手を掴み上げ、私の拘束を解かせた。

「くっ……」

「嫌がる女を無理やり部屋に連れ込んでコスプレさせるのが好きとか、いい趣味してるな。藤吉のお坊ちゃま」

ゆうちゃんが小馬鹿にするように笑うと、藤吉さんがわなわなと身体を震わせて言い返す。

「し、失礼だろう！　それに、俺達は婚約者同士なんだ。君に文句を言われる筋合いはない！」

「婚約？　テメエが勝手に言ってるだけだろ。そんなもん無効だ、無効」

「なっ……。こ、この件は彼女のところの大神専務から了承を得ている！　だから……っ」

「あんなクソジジイの戯言なんざ知るか」

皆まで言わせず、ゆうちゃんはきっぱりと切り捨てた。

そして私の肩をぐいっと抱き寄せ、挑発的に言う。

「こいつは俺のもんなんだよ」

「ゆ、ゆうちゃん……」

「テメエには欠片もやらねぇ。……行くぞ、小春」

彼は私の手を握ると、呆然と立ち竦む藤吉さんを無視してこの場を去った。

（――ど、どうしよう……）

私は今、何故か藤吉さんとお見合いをしたホテルの客室にいる。

高層階に位置する、広々としたシティビューのダブルルーム。そこのキングサイズベッドに所在なく腰かける私の目の前には、一人用のソファに座って脚を組み、厳しい表情を浮かべるゆうちゃんの姿があった。

二人でラウンジを出たあと、彼は出口ではなくフロントに向かい、この部屋をとったのだ。

当日の飛び込みで、かつチェックイン開始時刻よりだいぶ早いのに客室へ通されたのは、ここが大神一族の経営するホテルだからだろう。フロントにゆうちゃんの顔を知っている人がいて、融通を利かせてくれたのである。

「…………っ」

（ゆうちゃん、すごく怒ってる……）

ちらと様子を窺うと、彼は眉間に皺を寄せてソファのアームレスト部分を指先でトントンと叩いていた。苛立っている時にゆうちゃんがよくする仕草だ。

私が彼に隠し事をして、しかも嘘までついてお見合いに出た挙句、トラブルに巻き込まれたから、怒っている……のだろうな。それはわかる。

でも、どうして私の居場所がわかったんだろう？

そして何故、自宅に帰るでもなく、わざわざ部屋をとってホテルに留まったのか。

意図が掴めず戸惑っていると、それまでむっつりと押し黙っていた彼がようやく口を開いた。

「……で？」

「えっ」

「大学の友達と映画に行くって、お前言ってたよな？」

「そ、それは……」

あの場を見られた以上、誤魔化せるはずもなく、私は素直に「嘘をつきました、ごめんなさい」と頭を下げる。

「へえ、小春が俺に嘘を……ねぇ」

（うっ……、こ、怖い……）

ゆうちゃんが、怒りを滲ませた顔でにやっと笑う。

その凄みのある表情に罪悪感と恐怖心を大いに刺激された私は、再度謝罪の言葉を口にした。

「ほ、本当にごめんなさい！」

けれど彼は答えない。

（う……）

「……あの、どうして私の居場所がわかったの？」

私が疑問を口にすると、彼は長い脚を組み替えて答えた。

「出ていく時のお前の様子がおかしかったから、スマホのＧＰＳ使ったんだよ」

「ＧＰＳ⁉」

なんでも、私のスマホにはＧＰＳ追跡できるアプリがダウンロードしてあって、ゆうちゃんのスマホから位置情報が見られるらしい。

そういえば、私のスマホの初期設定をしてくれたのは彼だったっけ。

でも、そんなアプリが入っているなんて聞いてないんですけど。

「見てたら、お前が言ってた待ち合わせ場所の駅でも映画館でもない方向にどんどん進んでいくじゃないか。これは怪しいと思って、追いかけたんだよ」

そしてホテルのラウンジで私達の姿を見つけ、会話から見合いの席であると察した。

そのうち藤吉さんの様子がおかしくなり、私が連れ去られかけたところで乱入したのだと、ゆうちゃんは言う。

「それで、お前はなんであんな男と見合いしてるんだ」

「……う。じ、実は――」

これ以上隠すのは無理だと判断した私は、彼に事の次第を打ち明けた。

一週間と少し前、大叔父に呼び出され、今回のお見合い話を持ちかけられたこと。

その時点ですでに日にちが決まっていた上、相手がお得意先の御曹司だったため、今後の取引のことを考えて断れなかったこと。

大叔父に誰にも――家族にも話すなと口止めされていて、隠していたことも。

「まさか、あんな人だと思わなくて……」

お見合い当日にホテルの部屋へ連れ込まれかけ、しかも危うくコスプレまでさせられるところだったなんて、誰が想像できるだろう。

私は俯き、唇をきゅっときつく結んだ。

(もしゆうちゃんが助けに来てくれなかったら、私は、今ごろ……)

あの時感じた恐怖や嫌悪感が甦って、ぶるっと身を震わせる。

「……小春」

ふいに間近で声が聞こえて顔を上げると、ゆうちゃんが目の前に立ち、私の頬に手を伸ばしていた。

(あ……)

そこで彼の指先に拭われて初めて、私は自分が涙を流していたことに気づく。

「泣くな、馬鹿」

「ごっ、ごめんなさい……っ」

隠し事をして、嘘をついて、本当にごめんなさい。

それから……

「助けてくれて、ありがとう……っ」

嗚咽を漏らしながらお礼を言う私を抱き締め、ゆうちゃんは「よしよし、怖かったな。もう大丈夫だぞ」と慰めてくれた。

「ううっ、ゆうちゃん……っ」

私は自分がもういい大人だということも忘れ、小さな子どものように、彼の胸で泣きじゃくる。

こんなに泣いたの、何年ぶりだろう。

そうして私が落ち着くまで、ゆうちゃんは私を抱いていてくれた。辛抱強く、慰めてくれた。

「……ところでな、小春」

「う……？」

涙と嗚咽がだいぶ治まったころ、私の背を擦りつつ彼が口を開く。

「お前が見合いを断れなかったってのはわかった。だが、藤吉があんな変態野郎じゃなかったら、お前は今回の縁談を受け入れる気でいたのか？」

「え、えっと……」

「どうなんだ」

「う、うん。だ、だって、私なんかには、その、もったいないくらいの相手だと思ったし、あの人と結婚することで、家の役に立てるならって……」

私がそう答えると、ゆうちゃんは「馬鹿小春」と言って、私のおでこにデコピンをした。

「痛っ」

「そんな政略結婚みたいなこと、家族の誰もお前に望んでない」

「でも……」

「でもじゃねえ。それに、お前は……」

そこで言葉を区切って、ゆうちゃんが抱擁を解く。

そして、再び彼の顔が迫ってきたかと思うと——

「お前は、俺のものだろ」

これまで何度も耳にした台詞と共に、噛みつくみたいなキスをされた。

「んんっ……！」

（えっ、ええ……っ!?）

なんで私、ゆうちゃんとキ、キスをしているの!?

「……ふぁ……はっ……ぁ……っ」

しかもそれは、お互いの唇を合わせるだけなんて生易しいものではない。咥内を蹂躙されるような、激しい口付けだった。

（ゆ、ゆうちゃん⁉）

突然の事態に、私は目を見開く。

こんな激しいキスを……というか、誰かと唇を合わせること自体も初めてで、どうすればいいのかわからない。

そうこうしているうちに、私はベッドの上に押し倒された。

「俺の目の届かないところで、勝手に他の男のものになろうとしてんじゃねーよ」

ようやく唇を離した彼が、獰猛な眼差しで私を見下ろす。

（ゆうちゃん……）

その言葉から覗く彼の独占欲に、心がどうしようもなく震えた。

恐れからではない。喜びで。

「ゆうちゃ……」

「お前が誰のものなのか、その身体に刻み込んでやる。覚悟しとけ」

「……んっ」

宣言ののち、もう一度キスが降ってくる。

私の下唇を舐めたゆうちゃんの舌がぬるりと咥内に分け入り、歯列をなぞった。とたん、背筋にぞくぞくっと震えが走り、腰に力が入らなくなる。

「あっ……んっ……はぁっ……」

（こ、腰砕けになるキスって、本当にあるんだ……）

少女漫画や小説の世界でよくある口付けの描写。てっきり大げさに言っているものとばかり思っていたのに……

それとも、大好きな人と交わすキスだから、そう感じるのだろうか。

「ん……っ」

とても気持ち良くて、頭の中がぽわぽわする。

ずっと、こうしていたい。

けれど永遠に続く口付けなどあるはずもなく、彼の唇は私から離れていった。

「あっ……」

思わず、名残（なごり）を惜しむ声が零（こぼ）れる。

その呟（つぶや）きを拾ったゆうちゃんの顔が、満足げに笑った気がした。

「……っ」

私がどれだけ彼のキスに酔ってしまったのかを知られたみたいで、恥ずかしい。

「小春」

「あっ」

今度は唇の横を掠める、触れるだけのキスが与えられる。

それを合図にしたかのように、彼の手は私の身体を撫で回し始めた。

「ゆ、ゆうちゃ、どうして……っ」

経験のない私にも、今の彼が何をしようとしているのかくらい、わかる。

でも、何故ゆうちゃんが私を抱こうとしているのか、その動機がわからなかった。

(私を女として見てないって、見れないって言っていたのに、なんで……)

もしかして今は考えが変わって、実は私と同じ気持ちでいてくれている……とか？

(……まさか、ね)

淡い期待が一瞬、頭を過ったけれど、そんなはずはないとすぐに打ち消した。

変に希望を抱いて、裏切られるのは辛い。それくらいなら、最初から期待をしない方がいい。

中学生のころ、兄達の会話を聞いてしまった時のことを思い出す。

もしかしたら、ゆうちゃんも私を恋愛の対象として見てくれているんじゃないかって、心のどこかで期待していた自分が恥ずかしくてたまらず、身の置きどころがなかったあの惨めな気持ち。もう二度と味わいたくない。

「言っただろう？　お前が誰のものか、わからせるためだ」

(ああ……そうか……)

思えば彼は昔から、一度自分の所有物であると認識したものを他人に触られたり、使われることに強い拒否感を抱く人だった。だからきっとこれは、藤吉さんや私に対する怒り——所有欲や独占欲が暴走した結果なのだろう。

「たぶん、優しくしてやれない。どうしても嫌なら、言え」

今ならまだ逃がしてやれると、ゆうちゃんは告げる。

彼は恋愛感情で私を抱こうとしているのではない。

お前は俺の所有物なのだと、ただ私に思い知らせたいのだ。

「………っ」

そんなこと、わかっている。

私が彼の恋人になれるわけがないって、わかっている……のに。

「ゆうちゃん……」

それでもかまわないから彼に抱かれたいと思う私は、なんて浅ましい女なのだろう。

(ごめんなさい……)

「……っ、んっ」

私は逃げる代わりに、初めて自分から彼に口付けた。

ふにっと触れたゆうちゃんの唇は、お互いの唾液でわずかに湿っている。先ほどの激しいキスが思い出されて、かあっと頬が熱くなった。

「小春……」

それがお前の答えなんだなと、彼の瞳が囁く。

私が頷くと、ゆうちゃんはふっと笑みを浮かべて、私の上半身を起こした。

「脱がせるぞ」

「う、うん」

彼の腕が背中に回り、ファスナーを下ろされる。私はドキドキしながら、ゆうちゃんの手に身を委ねた。

淡いピンク色のワンピースが脱がされ、ベッドの外に放られる。

続いて剥ぎ取られたのはベージュ色のスリップで、その下に隠されていたブラとショーツが露わになった。とたん、彼が「ふっ」と噴き出す。

「色気のない下着だな」

「あっ」

言われてみれば、今日の下着は全部ベージュ色である。しかもブラとショーツはシームレスタイプのシンプルなものだ。

「だ、だって……っ」

シームレスタイプの下着は着心地が良いし、服のシルエットにも影響しないため、愛用している。下着姿を誰かに見せる予定なんてなかったので、普段通りの格好だ。

（でも、こんなおばさんくさい下着姿を、よりによってゆうちゃんに見られた……）

あまつさえ、本人に「色気のない下着」と笑われてしまった。

（ううっ、もっとマシなのにすればよかった）

私が心から下着の選択を後悔していると、彼がぼそっと呟く。

「まあ、これで下着にまで気合入れてたら、キレてたけどな」

「え？」

「他の男との見合いに、勝負下着で行くなんて許せないだろ」

俺に見せる時は色気のある下着にしろよと、ゆうちゃんが囁く。

（み、見せる時……って……？）

彼はこれからも、私を抱くつもりがあるということ？　なんで……？

「なんなら、俺が買ってやる」

そう言って、ゆうちゃんは身を屈めると、私の胸元にちゅっとキスをした。

「ひゃっ」

「赤とか、黒とかがいいな。セクシーだし、お前の肌は白いから、きっとよく似合う」

「うぇっ」

そ、そんな色っぽい下着、私には合わない気が……

「ああ、白とか水色とか、一見清純そうなのにめちゃくちゃエロいやつもいいよな」

「よ、よくないよぉ……っ」

ゆうちゃんの前でエロい下着を身につけるなんて、恥ずかしすぎる……！

いや、それを言うなら今こうして半裸で彼の前にいることも、顔から火が出るほど恥ずかしい状況だ。

「今度一緒にランジェリーショップにでも行くか」

「ううっ……」

彼はそうやってからかいつつくすくすと笑い、私の脚からストッキングを剥ぎ取った。

ブラもショーツもあっという間に奪われた私は、生まれたままの姿でベッドの上に仰向けにされる。さすがに羞恥心が湧き、胸元と秘所を手で隠した。

「ふーん」

自分だけ服を着たままのゆうちゃんが、私の裸をまじまじと見る。

「こうして改めて見ると、やっぱお前の胸でかいな」

「いっ、言わないで……！」

こんな不格好に育った胸、そして、プロポーションの悪い裸を好きな人に見られるなんて、恥ずかしすぎて死んじゃいそうだ。

（や、やっぱり、さっき逃げた方がよかったのかもしれない……）

少しだけ後悔していると、ゆうちゃんは不満げに「なんでだよ。褒めてんのに」と零した。

「だって、こんな、みっともない……」

「は？　誰かにそう言われたのか？」

（う……）

私の体型については、親戚や会社の女性社員の何人かから時々、陰口を叩かれる。「バランスが悪い」とか、「みっともない」「いやらしい」って。

答える代わりにさっと目を逸らすと、彼は呆れ混じりのため息をついた。

「お前の身体はみっともなくなんてない」

「ゆうちゃん……」

「小春は綺麗だ」

（あ……）

ゆうちゃんの言葉が、魔法みたいに心に沁みていく。

ちっぽけな自尊心が甘く擽られ、まるで自分が物語のお姫様にでもなったかのような、特別な心地がした。

「……ゆうちゃ……」

「小春は可愛い」

ついで、今度は額に触れるだけの口付けが落とされる。

「……っ」

私を優しく甘やかしてくれる彼の言葉と仕草に、胸がキュンと締め付けられた。

ゆうちゃんが本気で私を愛おしく思ってくれているんじゃないかって、勘違いしそうになる。

それくらい、私を見る彼の眼差しは熱を帯びていた。

（……勘違いでも、いいや……）

今だけは、最愛の人に愛され、抱かれるという幻想に溺れたい。

「ゆうちゃん……」

その思いから、私は羞恥心を投げ打って、自ら彼の首に腕を回して抱き寄せた。

処女のくせに我ながら大胆だなと思うものの、ここまできたら自分の気持ちに素直になろう。そう考えたのだ。

ゆうちゃんの身体の重みが、自分にかかる。

彼は一瞬だけ目を見開き、けれどすぐ、私をぎゅっと抱き締めてくれた。

「小春……」

低く掠れた声が、私の名を呼ぶ。

（ああ……）

それだけで、胸が幸福に満たされた。

ゆうちゃんは啄むようにちゅっ、ちゅ……っと口付けてから、私の身体を弄り始める。

「あっ……」

私という形を確かめるみたいに、丁寧に、時に性急に撫で回されて、触れられたところからぽっと熱が上がっていく。

「んっ、あっ……」

やがて、彼の攻勢が私の胸に集中する。

大きな掌でやわやわと胸を揉まれて、それまでとは違う擽ったさに、私は身を捩った。

「小春の胸、柔らかくて気持ち良い」

（そ……なの……？）

「ここも、可愛い色してるな」

「ひゃ……っ」

彼が指先でピンッと弾いたのは、私の胸の頂だ。そこに触れられると、何故か下腹の奥が疼く。

思わずもじもじと太ももを擦り合わせてしまい、私の反応を見たゆうちゃんがにっと笑みを浮かべた。

「おまけに感度も良いらしい」

「やぁっ……」

今度は先っぽを指の腹でくにくにと捏ねられ、きゅっと摘まれて、快感の波が徐々に大きくなっていく。

こんな感覚、初めてだ。

「可愛いな、小春」

私の反応に気を良くしたのか、彼は上機嫌な様子で私の胸元に顔を埋める。

「あっ、や……っ、ああっ……」

ゆうちゃんは私の胸を揉みしだき、時に指で、時に舌先でその先端を愛撫した。

彼の集中攻撃に、たまらず私は鼻にかかった声を漏らす。

「あっ……ああ……っ」

自分の声じゃないみたいで、恥ずかしい。

でも、私が啼くとゆうちゃんはどことなく嬉しそう。

「んっ……」

頂を啄んでいた彼の唇が、左胸の上部分に移った。かと思うと、ちゅううっときつく肌を吸われ、そのかすかな痛みにさえ身体が震える。

「はっ……あっ……」

ゆうちゃんは何度も、何度も、そうやって私の肌の上にキスをした。

後々になって気づいたのだけれど、彼はそうやって私に痕を――自分の所有痕を刻んでいたのだ。

「……んっ、ゆうちゃ……っ」

ほどなく、彼はその手を私のお腹(なか)や太ももへも伸ばしていく。

「あっ……」

おへその周りを軽く撫(な)でられ、びくっと身体が跳ねた。

自分で触ってもなんともない場所なのに、どうしてこんなに反応しちゃうんだろう。

ついで、ゆうちゃんは私の脚を開かせると、彼処(あそこ)に触れる。

「……っ」

彼は何かを確かめるように指を動かし、にやっと口元を笑ませた。

「やっぱりな。もう濡れてる」

「あっ……」

私が零(こぼ)した愛液が、ゆうちゃんの指先を湿らせている。

それは、私が秘所を濡らすほどの快感を覚えていた証(あかし)。

(恥ずかしい……っ)

自分の痴態(ちたい)を咎(とが)められた気がして、羞恥心(しゅうちしん)で頬が熱くなる。

けれど、この場から逃げ出したい、行為をやめたいとは思わなかった。

どころか、嬉しげに私の蜜壷を指で攻め始める彼の瞳や、吐息、声にいっそうの熱を感じて、気持ちが昂(たかぶ)る。

「んっ、あっ……」

茂みを優しく掻き分けて、秘裂を一撫で。それから、形を辿って襞を擦られた。

「あっ、あぁっ……」

そうして下腹の奥を攻めつつも、ゆうちゃんは胸への愛撫を止めない。

上は口で、下は手で同時に可愛がられて、私は息も絶え絶えに喘ぎ、身を捩ることしかできなかった。

「ああっ、あっ」

ちゅぷっ、ちゅぷっと耳を犯す淫らな水音が、私の胸をしゃぶる彼の口から発せられた音なのか、それとも指で掻き回されている蜜壷から響いている音なのか、判然としない。

「んっ、んぅ……っ」

やがて、秘所を弄る指が一本から二本、二本から三本と徐々に増えていく。

その段になって、ゆうちゃんはようやく私の胸元から顔を上げた。

「あ……っ」

なんだか寂しい。

けれどそう思ったのもほんの束の間、彼処を攻めることに集中し始めた彼の愛撫に翻弄されて、寂しさを感じる余裕もなくなる。

「ああっ、やっ、あっ、ああっ……」

（な、なにか……が、きてる……っ）

「ははっ、感じやすくて、濡れやすくて。最高だな、小春」

「あっ、ああっ」

彼の指がじゅぷっ、じゅぽっと水音を立て、激しく私の蜜壷を穿(うが)ち、擦(こす)る。

ただでさえ高まっていた快楽の波がより大きくなり、得体の知れない何かが迫っていることを、私は本能で感じとった。

「ひっ、あっ、ああっ」

そして、ゆうちゃんの指先が一番敏感な花芽を摘(つ)まんだ瞬間——

「ああああっ……！」

喉(のど)の奥から悲鳴じみた声が迸(ほとばし)る。私は初めての絶頂を迎えたのだ。

「……っ、ぁ……っ、は……ぁっ……はあっ……」

天まで突き上げられ、一気に落とされたような心地がする。

どっと疲労感が襲ってきた。

これが、その、果てる……という感覚なのか。

そんなことを思いつつぜぇぜぇと荒い息を吐いていると、ゆうちゃんが私の身体から身を離し、唇にちゅっとキスをくれる。

それから彼はベッドを下り、ようやく自分の服を脱ぎ始めた。

「…………ぁ」

私はぼうっと、ゆうちゃんが裸になっていくのを眺める。

一緒にお風呂に入っていたのは小さな子どものころのほんの一時期で、大人になった彼の裸を目にするのは初めてだ。

鍛えられた身体は私が思い描いていた以上に逞しくて、格好良く、胸がドキドキと高鳴る。

（……あっ）

けれど、ゆうちゃんの右腕にうっすらと残る傷痕を目にした瞬間、そんな浮かれた気持ちは霧散した。

「……っ」

代わりに、どうしようもない罪悪感で心が締め付けられる。

私があの人達の口車に乗らなければ、せめて家族に相談していれば、負うことのなかっただろう彼の傷。目の前でゆうちゃんの血が飛び散って、彼が殺されてしまうんじゃないかと怖くて……

全部、私のせい。私がいたから、彼が傷つけられた。

（ごめん、なさい……）

「小春」

ほどなく、ゆうちゃんが再びベッドに上がってくる。

彼は表情を曇らせた私を見て、怖気づいたと思ったらしい。「ここでやめておくか？」と、私に問いかけた。

その声に責める色はなく、ただただ、私を気遣ってくれているようだ。

それが申し訳なくて、でも嬉しくて、また涙が溢れてくる。

ごめんなさい。ごめんなさい。

私は本当に、昔から、ゆうちゃんに迷惑をかけてばかり、守られてばかり。

なのに彼の傍から離れられない。

罪悪感を抱きながら、それでもなお、ゆうちゃんを求めてしまう。

「やめ、ないで」

「……わかった」

彼は私の頭を優しく撫でると、横向きになっていた私の身体をまた仰向けに戻し、脚を開かせた。

ついで、再び彼処に指を這わせ、くちゅくちゅと解すように愛撫する。

「あっ、あっ……ん……っ」

一度小休止を迎えていた身体に、またぞろ官能の火が点る。

ゆうちゃんは十分に慣らしてから、私を貫こうとしているのだろう。

「あぁっ、あっ……」

(優しくしてやれないって、言ってたのに……)

彼は十分すぎるほど優しい。

もしくは、これから乱暴になる、とか。

(それでも、かまわない)

ゆうちゃんになら、どんなに手荒く抱かれてもきっと嬉しい。

「あっ……」

その時、急に彼の指が離れていった。

そして、愛液でしとどに濡れそぼっている私の彼処(あそこ)に、彼の自身が宛(あて)がわれる。

「挿入(い)れるぞ」

「う、うん……」

初めての時はすごく痛いとよく聞くけれど、どれくらいの痛みなんだろう。

乱暴にされてもいいと思った端(はし)から、恐れが生まれる。

「んっ」

つい身を硬くしてしまった私の恐怖心を和(やわ)らげるように、ゆうちゃんが甘い口付けをくれた。

「ふぁ……っ、ん、んぅ」

ちゅっ、ちゅうっと唇や舌を吸われて、緊張が解れる。

（ゆうちゃん……）

やっぱり、ゆうちゃんは優しい。

（大好き……）

どうしようもなく愛おしさが込み上げてきて、胸がいっぱいになる。

（あ……）

彼に抱き締められて、ふっと力を抜いた拍子に、肉棒がゆっくりと私のナカに挿入ってきた。

「うっ……」

瞬間、ピリッとした痛みが走る。

続いて、メリメリと肉を割られる感覚が私を襲った。

（い、痛い……）

けれど、耐えられないほどの痛みや苦しみではない。

むしろ苦痛以上に、ゆうちゃんと一つになれたことが嬉しい。

「……はぁっ……」

彼の自身が最奥まで収まると、ゆうちゃんが私の頭を撫でてくれる。「よく我慢したな」と言うみたいに。

「んっ……」

痛い、嬉しい、苦しい、愛しい、大好き……

様々な感情が昂り、涙となってぽろぽろ溢れる。

「小春……」

ゆうちゃんは私の涙を唇で拭うと、短く「動くぞ」と言った。

「うん……」

宣言通り、彼は緩やかに腰を動かし始める。

「あっ、あっ……」

しかしそれは最初だけで、ゆうちゃんは徐々に激しく、深く、私を穿った。

「あぁっ、んっ、あっ、ああっ」

気づけば私はベッドの上で、彼にがくがくと揺さぶられている。

時折、思い出したかのようにゆうちゃんの唇が私の胸や、口、頬や額に落ちてきた。

「あっ、あっ、ああっ」

初めてだからか、膣内を攻められても愛撫の時ほどの官能は感じない。それでも、心は十分に満たされていた。

（ああ……）

私を見下ろす彼の顔が切なげに歪み、かつてないほどの艶を——情欲を孕んでいる。

二十五年も一緒にいたのに、ゆうちゃんのこんな表情を見るのは初めてだ。

当たり前か。これまで私達は、血の繋がりこそなかったけれど兄妹だった。

（でも、今は違う。今だけは……）

こうして二人、生まれたままの姿で交り合うこの時だけは、ただの男と女だ。

私が望み、けれど諦めていた幸福が、此処にある。

（ああ、なんて――）

――幸せ、なんだろう。

「……っ、小春、小春……っ」

私を犯しながら、ゆうちゃんが私の名を呼ぶ。

「あっ、ああっ」

「お前は、誰にも渡さない……っ。俺の、俺だけのものだ……っ」

「うんっ……」

私は、あなただけのもの。あなただけの所有物。

だから、あなたが私を『いらなく』なるまで、傍にいさせてください。

「っ、く……っ」

やがて、彼の律動がぴたりと止まる。ゆうちゃんが身を離し、私のナカから剛直が抜けていく。

「あ……っ」

やだ、いかないでと感じた次の瞬間、私のお腹に熱い飛沫が吐き出された。

「……っ、小春……」

「ゆうちゃん……」

私も、ゆうちゃんを気持ち良くしてあげられた？

はぁ、はぁと荒い息を吐きつつ、視線で問いかける。

彼はそれに応えるみたいにくしゃっと笑ってから、「悪い。一回じゃ治まりそうにない」と言って、私に口付けた。

「んっ……」

（……いいよ。ゆうちゃんの気が済むまで、抱いて……）

私は承諾を示すため、初めて自分から舌を絡ませ、彼の身体に抱きつく。

そうして私達は箍が外れたみたいに、限界までお互いを貪り合ったのだった。

三

ホテルで初めて身体を重ねたあと、私達は宿泊せず、その日の夕方に客室を出た。

私はもう疲労困憊状態で、ゆうちゃんに半ば抱えられるようにして彼の車に乗り、帰路につく。

この時の記憶は、正直とても曖昧だ。とにかく身体がだるくて、眠くて、家に帰ってすぐベッドに直行して寝入ってしまったことだけは覚えている。

そして翌朝。ゆうちゃんと顔を合わせた私は、ものすごく気まずかった。

私は昨日、彼と……って、否が応でも情事の記憶が頭を過り、赤面ものだ。

でも意識してしまうのは私だけだったみたいで、ゆうちゃんは平然としていた。

ただこの日から、彼はやたらと私に触れてくるようになったのだ。

リビングのソファに座っている時に肩を抱き寄せられて、ぴったりくっついたままテレビを見たり、事あるごとに手を握られ、頭や頬を撫でられることや、……キスされることもある。

もちろんそれは家にいる時とか二人きりの時だけで、人前でそんな態度をとることはなかったけれど。まるで恋人同士みたいだって、勘違いしそうになる。

彼が何を考えて、私にそんなことをしてくるのかはわからない。

身体を求められることも、あれから何度かあった。

もしかしたら、ゆうちゃんも私のことを恋愛的な意味で好き……なのかな。

そんな期待がむくむくと湧き起こったものの、私はすぐに「まさか」と否定した。

自分が、彼の恋人になれるわけがない。

ゆうちゃんには、もっと相応しい女性が他にいくらでもいるはずだ。

期待しちゃだめ。私はただでさえ大神家やゆうちゃんにお世話になって、迷惑もいっぱいかけてきた。これ以上を望んではいけないんだ。

なら、どうして彼は私を……と堂々巡りを続ける思考から、私は目を逸らす。

考えたところで、ゆうちゃんの真意などわからない。さりとて直接聞き出す勇気もなく、私にできるのは、考えないようにすることくらいだ。

こんな状況で彼との二人暮らしを続けるのはなんとも落ち着かなかったものの、仕事や生活に支障をきたしてはいけないと、努めて意識しないようにしている。

だから表向き、私達の関係は何も変わっていない。

私とゆうちゃんは兄妹で、上司と部下で……。ただ、世間に知られてはいけない秘密を抱えてしまっただけ。

大丈夫、ちゃんとわきまえている。

私はゆうちゃんのものだけど、彼は私のものじゃない。

身の程を知っていれば、無駄な期待を抱いて傷つくこともないのだ。

正直言うと、彼と身体を重ねる度、未来のお嫁さんに申し訳ないことをしているって、罪悪感が込み上げる。

でも、その一方で、私はゆうちゃんの求めを拒めなかった。

いいや、違う。拒めないのではない、拒みたくなかったのだ。

嬉しかった、から。彼の気持ちはどうあれ、大好きな人に抱かれることが。

ゆうちゃんと、恋人みたいに過ごせることが。

結局のところ、私は自分の欲望を優先し、向き合わなければいけない現実から逃げているだけなのかもしれない。


――それから、私達の日常が変化するきっかけになった藤吉さんとの縁談は、あのあと正式にお断りした。

ゆうちゃんがお見合いの一件を実家に報告したらしく、祖父と父が大叔父に厳重に抗議してくれたみたいだ。

そして私も、母や兄達から「家のために自分を犠牲にするようなまねはやめなさい」と怒られた。久しぶりに本気でお説教されて怖かったけれど、家族が私を想って言ってくれているのがわかって、嬉しくもある。

その上、大叔父からは絶対に文句を言われるだろうなと覚悟していたものの、実家からのクレームが効いているのか、大叔父が私に接触してくることはなかった。

藤吉さん自身は取引先の人だからまた会うこともあるかもしれないが、さすがに断られた縁談の話題を仕事の場に持ち出しはしないだろう。

☆　★　☆

時は流れ、お見合い騒動から一ヶ月ほど経った十月下旬の金曜日。

私はゆうちゃんの仙台支社視察に同行すべく、朝から仙台行きの新幹線に乗車していた。

今回の出張は一泊二日で、明日の土曜日は丸一日オフの予定。日帰りで戻ってくることもできたけれど、彼の希望で一泊し、翌日のんびり帰ってくることになっている。

この日程ならちょっとは仙台観光もできるかなと、実はちょっぴり楽しみだ。

まあその前に、支社の視察や会議、取引先との会談などなど、やるべきことはたくさんあるが。

ちらっと通路側の席に座るゆうちゃんの様子を窺うと、彼は東京駅で買ったコーヒーを飲みつつ、タブレットに表示されたファイルに目を通していた。見ているのは、今回の視察に合わせて私がまとめた支社や取引先の資料のようだ。

その眼差しは真剣そのもので、つい見惚れてしまう。

二十五年も一緒に暮らしてきて毎日見ている顔なのに、どうしていつも新鮮な気持ちで胸がときめくのだろう。

そんなことを思いつつ、私もタブレットを起動して今回のスケジュールと仙台で会う予定の得意先のデータを改めて確認した。事前に何度もチェックしているが、念のためだ。

（ん……）

ただ、昨夜あまり寝ていないせいか、どうも集中力が続かない。

すると、それまで黙々と液晶画面を見ていたゆうちゃんが口を開いた。

「向こうに着くまで、寝てていいぞ」

「え、でも……」

「どうせ必要なものは全部頭に入ってんだろ？　それに……」

ゆうちゃんはにやっと笑い、私の耳に顔を近づけて囁く。

「昨夜、無理させたからな」

「っ！」

とたん、昨日の夜の……情事……の記憶が甦って、頬がかあああっと熱くなる。

実は昨夜も彼に求められて、ゆうちゃんの部屋で身体を重ねたのだ。

（ううう、明日早いから無理って言ったのに……）

ゆうちゃんも「わかってる、今回は早めに終わらせる」なんて、最初は言っていたのに、気づけば彼の方のカウントで、さ、三回も……

おかげで身体はちょっと重いし、睡眠も足りていない。

（……うん。こんな万全とは言えない状態で、ミスでもしたら大変だもんね）

ここはお言葉に甘えて、少しでも仮眠をとらせてもらおう。

「着いたらちゃんと起こしてやるから。ほら、こっち寄りかかれ」

「う、うん……」

言われるがまま、彼の身体に身を寄せた。

ゆうちゃんの体温や匂いを間近に感じて、胸がドキドキして、眠れないんじゃないかと思ったけれど、身体に残っていた疲れは私の想像以上だったみたいで、気づけば深い眠りに落ちる。

そして車窓からの景色を楽しむこともないまま、仙台駅に到着。彼に揺り起こされ、慌てて降車したのだった。

予定では、駅からタクシーに乗って支社へ向かうはずだったのだけれど――

（……？）

ゆうちゃんが自分のスーツケースを転がしながらずんずん向かっていった先はタクシー乗り場ではなく、駅の構内にあるレンタカーの受付だ。

「えっ？　レンタカー？」

「俺が事前に予約しておいた」

(き、聞いてないんですけど！)

驚く私にかまわず、ゆうちゃんはさくさくと手続きを済ませる。

なんでわざわざレンタカーなの？

今日泊まるホテルだって駅の近くだし、駅と支社の往復にしか使わないのに、タクシーで十分じゃない？

そもそも、どうしてスケジュールやチケットの管理をする秘書の私に何も言わずに予約をしたのだろう。

タクシーでの移動が嫌だったなら、言ってくれれば手配したのに。

そう、ゆうちゃんに疑問と不平をぶつけてみたものの、彼は「いいから、黙って乗れ」と言うばかりで、私の質問には答えてくれなかった。

かくして私達は、レンタカーに乗って仙台支社へ。

支社の入っているオフィスビルに到着すると、支社長を始めとする社員達から熱烈な歓迎を受けた。こちらには何度か彼に同行してお邪魔しているけれど、相変わらずアットホームというか、東京の本社とは何かと違った雰囲気だ。

「ようこそ、大神常務」

「お待ちしておりました！」

仙台支社でもゆうちゃんの女性社員人気は高く、支社の綺麗どころが彼に熱い視線を送っている。

中にはゆうちゃんの腕をとり、「よければ今夜、一緒にお食事にでも行きませんか？　仙台の美味しいお店を紹介します」なんて誘ってくる積極的な女性もいて、胸がもやっとした。

（恋人でもない私に、嫉妬する権利なんてないのに……）

それくらいのことで嫌な気分になる自分に自己嫌悪だ。

前よりもゆうちゃんの周りに集まってくる女性達に寛容になれないのは、彼と身体を重ねるようになったせい、なのかな。

無意識の内に、ゆうちゃんを『自分のもの』とでも、思い上がった考えを抱いているんだろうか。

（……っ。こんなんじゃ、だめだ）

今は勤務中なんだから仕事に集中しなきゃ！　と、私は自分を叱咤する。

なんとか心の平安を保ち、ゆうちゃんと共にスケジュールを粛々とこなしていった。

彼は実際に自分の目で現場の状況を確認することをとても大切にしている。下から上がってくる報告に目を通しただけでは見えてこないものもあると、時間を作ってはしょっちゅう視察に赴くのだ。

そうしてより成果が上がり、社員達が働きやすくなるよう、状況の改善に努めている。

また社内だけでなく、関連企業の視察や研修、勉強会なんかにもよく参加していて、研究を怠らない。

そんな社員思いで努力家なゆうちゃんのことを、私は心から尊敬している。

今回も地方の現場で働く社員達の話を色々と聞けたし、仙台支社が抱えている問題点や課題が見えた。

得意先との会談を通して関係も強化できたし、なかなか有意義な一日になった。

その日の夜。食事も兼ねて支社の有志達と懇親会でもと支社長に誘われたゆうちゃんは、「明日の移動に備えてゆっくり休みたい」とそれを断った。

私としても、彼を狙っているだろう女性社員達の群れに飛び込んでいくのは遠慮したかったので、助かる。

そして二人でレンタカーに乗り、駅前のビジネスホテルに向かう。

しかし、車についているカーナビで宿までのルートを検索しようとしたところ、ゆうちゃんが突然「駅前のホテルはキャンセルしてある」と言い出した。

「えっ！　なんで⁉」

またまた聞いてないんですけど！

「代わりに、郊外の温泉旅館を予約しておいた。そっち行くぞ」

「えええっ⁉」

「温泉浸かって、のんびり出張の疲れを癒そうぜ」

ゆうちゃんはにやっと笑って、カーナビ画面に温泉旅館までのルートを出し、車を動かす。

ナビによると、目的の温泉地までは車で四十分程度かかるみたい。

（もしかして、このためにレンタカーを？）

「で、でも、出張でわざわざ温泉旅館に泊まるなんて、贅沢なんじゃ……」

「バーカ。宿代は俺の自腹に決まってんだろ。あ、このレンタカーの料金も俺が出すから、交通費に計上するなよ」

「えええ……」

会社のお金を使わないなら、まあ、いい……のかな……？

予定していた仕事はきっちり終わらせたし。明日はお休みだし。

「だけど、言ってくれたら私が手配したのに」

「驚かせたかったんだよ。サプライズだ、サプライズ」

ゆうちゃんは「驚いただろ？」と、悪戯っぽく笑う。

私は「すっごく驚いたよ」と答えつつ、彼と二人で温泉旅館に泊まれるんだ……と、わくわくしていた。

家族みんなで温泉に行ったことはあったけれど、彼と二人でというのはこれが初めてだ。

(う、うわぁ。なんか急にドキドキしてきた……)

仙台市街から車を走らせること、約四十分。

山間の温泉地に、ゆうちゃんが予約した温泉旅館があった。

創業二百年を超えるという老舗の宿で、赴きある純和風の佇まいがとても素敵。古いけれど手入れが隅々まで行き届き、通された離れの客室も広くて綺麗だった。おまけに半露天風呂も付いている。

寝室にはお布団ではなくベッドが二つ並んでいて、いつでも寝転がれるのが嬉しい。

「気に入ったか?」

「うん! ありがとう、ゆうちゃん」

こんな素敵な宿に泊まれるなんて、特大のご褒美をもらった気分だ。

でも彼にばかり自腹を切ってもらうのは申し訳ないので、「自分の分の宿代は自分で払うね」と言ったら、渋面になったゆうちゃんに「いいから、ここは素直に甘えとけ」と断られた。

こうなったら、彼は絶対に引かない。

ばれてくる。

旅館に着いたのが七時過ぎと少し遅かったので、部屋に通されてほどなく、夕食が運
そう答えると、ゆうちゃんは満足げに「おう」と頷く。

「ありがたく甘えさせていただきます」

（うう、それでは申し訳ないけど……）


「わあ……！」

地元で採れた旬の食材をふんだんに使った、豪華な懐石料理だ。見た目にも華やかで、思わずスマホで写真を撮ってしまうくらい美味しそう。

（あ！　仙台名物の牛タンもある！）

ふふっ。今日のお昼に支社長達との食事会で牛タンを食べた時、あまりに美味しくて、また食べたいなあって思っていたんだよね。嬉しいなあ。

「んん〜っ。牛タン最高！」

「お前ホント好きだよなあ、牛タン」

「うん。牛肉の部位の中で一番好き。……あ、このお刺身もすごく美味しいよ、ゆうちゃん」

「ああ、仙台は海の幸も山の幸も美味いよな」

そう言いつつ、ゆうちゃんは私のお皿に自分の分の甘エビのお刺身を載せる。私が大好きだから、譲ってくれたのだ。

「ありがとう！」

それならと、私も自分のお皿から彼の好きな鯛（たい）のお刺身をとり、ゆうちゃんのお皿に移した。

（ふふふ）

自宅で食卓を囲むのとはまた違う幸福感に、顔が緩む。

ずっとこうして、ゆうちゃんと一緒にいられたらいいのになぁと、思わずにはいられなかった。

「――ごちそうさまでした」

（はあ～。満足、満足）

美味（おい）しい地元の味覚で食欲を満たしたあとは、部屋に備（そな）え付（つ）けのお茶でお腹（なか）を休め、入浴の準備をする。

クローゼットから二人分の浴衣（ゆかた）と羽織（はおり）を取り出して、替えの下着と、アメニティグッズを入れたポーチも用意した。

（温泉、楽しみだなぁ）

本館の大浴場へ行こうか迷ったものの、せっかくなので客室に付いている半露天風呂に入ることにする。大浴場は、明日の朝にでも行ってみよう。

温泉にゆっくりのんびり浸（つ）かって仕事の疲れを癒（いや）し、ふかふかのお布団に包（くる）まって眠れるなんて、幸せだぁ～。

「あ、ゆうちゃん。私、今夜はお部屋の半露天風呂に入ろうと思うんだけど、ゆうちゃんはどうする？　ゆうちゃんもお部屋のお風呂使うなら、お先にどうぞ～」

ここの宿代を出してくれたのは彼だし、一番風呂は譲らねば。ゆうちゃんがお風呂に入っている間、私は洗面所でメイクでも落とそう。

そう思って声をかけると、彼は「はあ？」と不満げな声を上げた。

「一緒に入るに決まってんだろ、何言ってんだ馬鹿」

「はえっ⁉」

（い、一緒に……⁉）

ぎょっとする私に、ゆうちゃんは続けて「なんのために風呂付きの部屋をとったと思ってんだ」と言う。

いや知りませんけど！

そ、そんなつもりがあったなんて考えもしませんでしたけど！

「だ、だって、い、一緒になんて、は、恥ずかしいし……」

「ここ一ヶ月で何度お互いの裸を見たと思ってるんだ。今更だろ」

そ、そうかもしれないけど！

それとこれとは別と言いますか……

「いいから、準備できたなら行くぞ、ほら」

「わ……っ」

私は彼にぐいと腕を引かれ、脱衣所へ連れていかれる。

ゆうちゃんは脱衣籠に着替えを置くと、自分の服に手をかけ、ぽいぽいと脱いでいく。

そして早々に裸になり、「先に入ってるぞ、すぐ来いよ」と言って、浴室へ移動した。

（う……）

一緒に温泉入るとか、やっぱり恥ずかしい。

でも、今ここで大浴場に逃げたら……

（怒られる、だろうな）

それに、強い羞恥を覚える一方で、『好きな人と一緒に温泉に浸かる』というシチュエーションに憧れる気持ちもあり……

私は結局、のろのろとした手つきでメイクを落とし、服を脱ぎ始めたのだった。

「お、お邪魔しまーす……」

身体の前部分をタオルで隠し、恐る恐る浴室へ入る。

半露天風呂は庭側が一面ガラス張りになっていて、石張りの床の上に洗い場が二つと、二、三人は同時に入れそうな大きな石造りの湯船が設置されていた。

ゆうちゃんは私がもたもたしている間に髪と身体を洗い終えたらしく、もう温泉に浸かっている。最初は坪庭の方を向いていたけれど、私が浴室に足を踏み入れるなりこちらを向いて、「遅い」と文句を言った。

「ご、ごめんなさい」

だって、恥ずかしかったんだよ～。

そんな、ゆうちゃんみたいにぽんぽん脱げませんよ。

そう心の中だけで反論しつつ、洗い場の椅子に腰かける。

彼を待たせていることもあり、軽く焦りながら髪と身体を洗った。

「……っ」

洗っている最中にゆうちゃんの視線を感じる。なんとも気恥ずかしくて、度々手が止まった。

ちなみに彼は、さすがに浸かりっぱなしだと逆上せると思ったのか、途中から湯船の縁に腰かけ、脚だけを温泉に浸けている模様。

「……お、お待たせ、しました……」

やっと髪と身体を洗い終え、私はタオルで身体の前を隠しつつ湯船に近づく。

（ううう……）

お風呂には、タオルを浸けちゃいけない。だからもうとらなきゃいけないんだけど、好きな人の前で裸になるのは何度経験しても勇気のいることだ。

（ええい、いい加減腹をくくらなきゃ！）

しばしの逡巡のち、ようやく覚悟を決めてタオルを湯船の縁に置き、温泉に入る。

（ふわぁ～……）

お風呂は思っていたより温めだった。ゆっくり浸かれそうなお湯加減で、気持ち良い～。

身体を優しく包む温かさで緊張が解れ、心が和んでいく。

でもそれはほんの一時のことで、縁に座っていたゆうちゃんが再び湯船に入って私の隣――肩が触れ合うほどの距離に並ぶと、とたんに胸がドキッと跳ねた。

「気持ち良いな、小春」

そう囁く彼の声が、妙に艶っぽく聞こえるのは気のせいだろうか。

「う、うん……」

（ううっ。温泉は気持ち良いけど、好きな人と一緒に入るのは胸がドキドキしすぎて落ち着かないよ……）

そうだ、きっと近すぎるから悪いんだ。そう考えて、距離をとろうとしたら――

「ひゃっ」

すかさずゆうちゃんの腕が伸びてきて、腰を抱き寄せられる。

（あわわわ……）

濡れた肌の感触が、妙に生々しい。

胸の鼓動が速くなり、温泉のせいだけでない体温の高まりを感じた。

「小春……」

「ん……っ」

名前を呼ばれたかと思うと、唐突に口付けられる。

「あっ」

彼ははむはむと私の唇を甘噛みしたあとで、咥内に舌を忍び込ませた。

「んぅっ、んっ……」

キスをしつつ、お湯の中で私のお尻や太もも、胸を撫で回していく。

二人の身体が動く度、水面が揺れてちゃぷちゃぷと水音が響いた。

「……っ、はあ……」

(あ……)

ふいに、私の咥内を貪っていたゆうちゃんの唇が離れていく。

彼は熱に浮かされる私の顔を見て、嬉しそうに笑った。

「ははっ、そのトロンとした顔、いいな」

めっちゃそそる……と獰猛に笑って、ゆうちゃんはもう一度キスをする。

「んっ、んん……っ」

何度か角度を変えてお互いの唇を味わっていくうちに、いつの間にか私達は正面から向き合う体勢に変わっていた。

私の背中やお尻を撫で回していたゆうちゃんの手が、秘所へと伸びる。

「んんっ……！」

彼の指先が敏感な花芽をわずかに掠め、それだけでびくっと腰が揺れてしまった。

「もっと脚、開け」

「う……ん……」

私は命じられるまま、素直に脚を開いて彼の手を受け入れる。

こんな場所で淫らな行為をするなんて恥ずかしいけれど、私の心と身体はゆうちゃんに逆らえない。

ううん、逆らいたくない。

彼が望んでくれるなら、いくらでも応えたい。

それが、私自身の悦びでもあるから。

「いい子だ」

彼は、私の頬にちゅっと、ご褒美の甘いキスを落とす。

それが嬉しくて、どうしようもなく胸が高鳴った。

「あっ……」

そのキスを合図に、ゆうちゃんの攻勢が私の彼処に集中する。

官能を揺さぶる口付けのせいか、はたまた温泉の中で身体を撫で回されて興奮したのか、私の蜜壷はすでに愛液を零し、ぬめりを帯びていた。

お湯の中でもそれがわかったのだろう。ゆうちゃんはにいっと口元を笑ませ、「ここ、濡れてるな。それに俺を欲しがってヒクヒクしてる」と囁く。

「やっ……」

自分の痴態を指摘され、カッと羞恥心が走った。

それでも逃げるという考えは浮かばず、あまつさえ下腹の奥がジンと疼く。

「あっ……ああっ……」

最初、ぬるぬるとした感触を楽しむように割れ目を擦っていた彼の指が、つぷんと蜜壷のナカに沈められる。昨夜もさんざん可愛がられた彼処は、あっさりとゆうちゃんを受け入れた。

「ああっ、やっ、あっ……」

ここ一月ほどの間で本人以上に私の身体を知り尽くした彼は、徐々に指を増やして感じるポイントを正確に攻め、たやすく私を追いたてる。

「あぁ……っ、そ、そこ、だめぇ……っ……」

一番敏感な花芽をコリコリと弄られて、頭が変になりそうだ。

「ん？」

「だめっ……き、きもち、い……からっ、んっ、あたま、おかしくなる……っ」

「ははっ、いいぞ、おかしくなれよ」

ゆうちゃんの愉快げに弾む声が、私の耳朶を打つ。

「あっ」

彼は私の首筋にかぷりと齧りついた。興奮すると噛みつくのは、どうやらゆうちゃんの癖らしい。ちょっと痛いけれど、その痛みすら今の私には嬉しかった。

(なんだか、黒くておっきな犬……ううん、狼に食べられてるみたい)

「ああっ、あっ」

私の肌に噛み痕を残しつつ、彼は一際激しく秘裂を擦り、私を絶頂へと押し上げる。

「んあああっ」

瞬間、頭の中が真っ白になった。

高まりに高まった官能のうねりが弾けて、気を失いそうなほど強い快感が身体を貫く。

「あ、ああっ……」

私は湯船の中でぐったり弛緩し、ゆうちゃんの身体にもたれかかった。

一度果てたのに、快感の名残がそこかしこに残っていて、むずがゆい。

何より、身体中が熱くてたまらなかった。

「ゆ……ちゃ……」

ぜぇ、はぁと荒い息を吐きながら「熱い……」と呟く。そんな私の声を拾ってか、ゆうちゃんが「さすがに逆上せそうだな」と言った。

彼は未だ足腰に力が入らない私をあっさりと横抱きにして立ち上がると、ろくに身体も拭かず、寝室に場所を移す。

片方のベッドに私を下ろし、続いて上にのしかかってきた。

ピンと張られた真っ白いシーツが、二人分の水滴で濡れる。

「ん……っ」

未だぼうっとする頭で迎えるキス。

最初ちゅっ、ちゅっと音を立てて唇を合わせるだけだったそれは、やがて舌を絡め合う深いものへと変わっていった。

「あ……っんっ、むぅ……んっ、ん……」

彼はキスをしながら、浴室では軽く触るだけだった私の胸をやわやわと揉みしだいていく。

胸の頂はすでにぷくりと硬くしこっていて、そこを指の腹で捏ねくり回される度、気持ち良くて腰が揺れた。

「ゆうちゃん……」

「小春……、小春……」

「んんっ……」

情事の最中、少し掠れた色っぽい声で名前を呼ばれるのが好き。

もっと、もっと私を呼んで。私を求めて……と、思う。

「あっ……」

やがて、私の胸を撫でていた彼の身体がわずかに移動し、ゆうちゃんが私の秘所に顔を埋める。

今度は唇と舌で、彼処を愛撫してくれるのだ。

「んぁっ……！」

彼の熱く湿った舌先が、花芽を突く。

ついで襞を一枚一枚丁寧に舐められ、私はたまらず喘ぎ声を漏らした。

「ああっ、そこっ、あっ、やあっ……」

「……ん、お前、舌でここ攻められるの好きだもんな」

くくっと楽しげな笑い声と共に彼の吐息が秘所にかかって、それだけでもう官能が刺激される。

「ち、ちがっ……」

本当は違わないのに、反射的に否定の言葉が出てしまう。

「嘘つき」

「ひあっ」

（やっ、そこ、吸わないで……っ）

「お前がイクまで舐めてやるよ」

「ひっ、やっ、あああっ」

じゅぷじゅぷっと蜜を啜る音が響いて、彼の舌が攻勢を強める。

「あっ、ああ……っん」

感じる場所を容赦なく舐められ、吸われ、擦られて、私は果てがすぐ間近まで迫っていることに気づいた。

「やあっ、も、い……いっちゃ……」

さっきイッたばかりなのに。

ああ、また、何も考えられなくなる……

頭の中が、真っ白。

「あ……ああっ……」

そうして、もう一度花芽をちゅうっと吸われた瞬間——

「あああっ……！」

びくんっと身体を跳ねさせ、私は二度目の絶頂を迎えたのだった。

「……はあっ、はあ……」

さすがに、続けて二回もイかされるのは辛い……

息が上がり、全力疾走したあとみたいな苦しさがあった。

そんな私の身体から離れて、ゆうちゃんがいったん寝室を立ち去る。

ほどなく戻ってきた彼は、片手に避妊具の包みを、もう片方の手にミネラルウォーターのペットボトルを持っていた。

四枚綴りになったゴムのパッケージを枕元に放り、ボトルの蓋を開けて「小春、口開けろ」と言う。

そして自分の口に含んだ水を、私の顔に覆い被さって飲ませた。

「ん……」

熱くなる行為に耽っていた身体に、冷たい水が沁みる。

同時に喉が渇いていたことに気づく。「もっと……」と強請ると、彼はまた口移しで数度、水を飲ませてくれた。

「……ふう」

気が済むまで飲んで、小休止。

一方のゆうちゃんはというと、私に飲ませながら自分も水分を補給し、ついで、避妊具のパッケージを一つ破いて自身にゴムを被せた。

避妊せずに身体を重ねたのは初めての日だけで、セックスの時には必ずコンドームを使っている。

「小春、ベッドの上で四つん這いになれ」

「……う、うん」

どうやら、後ろから……するみたい。

私はどちらかというと、お互いの顔を見ながらできる正常位の方が好きなんだけど、ゆうちゃんはバック——後背位が好きなようだ。

言われた通り、四つん這いの体勢になってわずかにお尻を上げる。すると彼ががっしりと私の腰を掴んで、自身を秘所に宛がった。

ゴム越しに感じる彼の剛直は、今宵も逞しい。

「あ……っ」

その切っ先でぬるぬると蜜に湿る秘裂を数度なぞったあと、彼はおもむろにナカへ挿入ってきた。

「ああっ……」

「く……っ」

背中から、ゆうちゃんの切なげな声が聞こえる。

顔は見えずとも彼が感じてくれているんだとわかって、無性に誇らしかった。

「……ははっ、相変わらず、お前のナカ、最高だな……」

褒(ほ)め言葉と共に、腰をずくんと一突きされる。

「あぁっ……」

それだけで、私の心身はどうしようもなく昂(たかぶ)った。

もっといじめて、たくさん突いて、穿(うが)って……と、気持ち良いことしか考えられなくなる。

そんな私の願いに応(こた)えるように、ゆうちゃんはいっぱい後ろから貫(つらぬ)いてくれた。

「ああっ、あっ、ああっ、やあっ、あっ」

彼が腰を打ちつける度、二人の結合部からぐちゅっ、ずちゅっと淫(みだ)らな水音が鳴る。猛々(たけだけ)しく屹立(きつりつ)した彼の肉棒に激しく穿(うが)たれて、彼処(あそこ)が切なく痺(しび)れた。

「……っ、は……っ、小春、小春……っ」

「あっ、やあっ、も、もう……っ」

身体の奥から熱いものが込み上げてきて、たまらずシーツに爪を立てる。

「やっ、あっ……」

いったん腰を引いたゆうちゃんに一際深いところを突かれ、私は「ああっ」とか細い声を上げて、あっけなく絶頂の渦(うず)に呑み込まれた。

「……っ、く……」

力の抜けた身体をしっかりと支え、ゆうちゃんがさらに腰を打ちつけてくる。

そしてしばらくのち、ゴムの中に白濁を吐いて絶頂を迎えた。

――でも、これで終わりじゃない。

「はぁ……っ」

「んんっ……」

私のナカから、彼が抜けていく。

「………あっ」

枕につっぷしている私は直接見ていないけれど、背後でごそごそとゆうちゃんが身動ぎする気配がした。たぶん、避妊具を始末しているのだろう。

少し遅れて、新しいゴムのパッケージをピリッと破く音が響く。

(ああ、やっぱり……)

ゆうちゃんが一度で満足するわけがないのだと、私はこれまでの交わりで学んでいた。

(大丈夫。明日は休みだし、移動だけだし……)

彼の気が済むまで、付き合おう。

(その代わり、と言うのも変だけれど、今度は顔を見ながら……がいいな)

そう思った私はのろのろと起き上がり、正面からゆうちゃんに抱きつく。

「んっ……」

自分からキスをすると、彼はすぐに応えてくれた。

嬉しい。愛おしい。

心の中に、じんわり温かいものが満ちていく。

「あっ……んんっ……」

舌を絡め、混じり合った唾液が口の端から零れる。それをべろっと豪快に舐め取るゆうちゃんは、やっぱり狼のように野性的だ。

(そういうところも好き……。大好き……)

「ぁっ……」

キスの最中、身体をぐっと抱き寄せられ、彼の膝の上にお尻を乗せられる。

そしてそのまま、再びゆうちゃんの自身に刺し貫かれた。

「んああっ……」

ぞくぞくっと、快感が背筋を駆け抜ける。

「あっ、あぁ……っ」

お腹いっぱいに、ゆうちゃんを感じた。

「気持ち良いか？」

「ん……っ」

私はこくんと頷く。

(この体位、対面座位っていうんだっけ？)

自分が上になるのはちょっと恥ずかしいものの、彼の顔も見られるし、より深く繋がれる感じが好きだ。

それに、なんだか安心する。ぎゅうっと密着していられるせいかな。

「ゆうちゃん……」

私はもう一度、自分から彼にキスをする。

「んんっ……」

ちょっと動くだけでもゆうちゃんの剛直が私の花芽を擦って、官能が刺激された。

でも、足りない。

もっともっと、気持ち良くなりたい。

「……っ」

私は羞恥心を投げ捨て、はしたなくも自分から腰を動かし始める。

「あっ、ああっ……」

硬い先端が、奥のいいところに当たった。

気持ち良い。気持ち良すぎて、頭が蕩けそうだ。

「ゆうちゃんっ……、ゆうちゃ……っ、あっ……」

彼を愛しいと思う気持ちが、とめどなく溢れてくる。

「……ははっ。お前は本当に可愛いな、小春」

「んっ、あっ……」

ゆうちゃんが愉しそうに笑って、私の頬に口付けた。それから私の耳に唇を寄せ、「今夜はたっぷり抱いてやるよ」と囁く。

「あぁっ……」

心と身体が、期待と悦びに打ち震える。

そうして私達は吸い寄せられるように唇を重ね、めくるめく官能の海へ共に飛び込んだのだった。

☆★☆

結局、昨夜は彼が四度果てるまで終わらず、私達は体力の限界までお互いを貪り合った。

といっても限界だったのは私だけで、ゆうちゃんの方はまだ余裕そうだったけれど……

おかげで、片方のベッドはもうぐちゃぐちゃ。寝る時には使っていなかったもう片方のベッドに二人で入って、生まれたままの姿で気絶するように眠りに落ちた。

思う存分惰眠を貪り、翌朝は美味しい朝食でお腹を満たして二度目の温泉に浸かり……と、チェックアウトギリギリまで温泉旅館をのんびり満喫する。

ただ惜しむらくは、足腰に力が入らなくて大浴場まで行けず、客室の半露天風呂にしか入れなかったこと。昨夜のうちに大浴場を使っておくべきだったとちょっぴり後悔した。

しかも、私があまりにもフラフラしていたので、一人だとお風呂で倒れないか心配だったらしく、またゆうちゃんと一緒に入ることになる。エ、エッチなことはさすがにもうしなかったものの、彼に髪や身体を洗われ、めちゃくちゃ恥ずかしかったし申し訳なかった。

自分でできると断ったのに、ゆうちゃんが頑として譲らなかったのだ。

そんなこんなで恥ずかしい思い出のいっぱい残る旅館を後にした私達は、レンタカーで仙台駅まで戻り、構内のお店でお土産を買って、東京行きの新幹線に乗る。

さすがに、観光できるほどの体力はなかった。

でも、二人であれこれお土産を選ぶだけでも楽しかったし、新幹線の待ち時間にゆうちゃんとシェアして食べた仙台名物のずんだ餅も美味しかったなぁ。

そう思い返しつつ、私は新幹線の車窓から、遠ざかっていく仙台の街並みを眺めた。

四

仙台出張から帰ったあとも慌ただしく時が過ぎ、あっという間に十一月になった。

このごろは朝晩冷え込む日が多くなり、季節が秋から冬に移り変わろうとしていることを日々実感できる。

そんなある金曜日のこと。

私は秘書課のデスクで、ゆうちゃんが作った草稿を元に社内文書の清書作業をしていた。

(……あ、もうこんな時間なんだ)

ふとパソコン画面端の時刻表示を見て、終業時刻が迫っていることに気づく。

今やっている作業はもうすぐ終わるし、今日は接待の予定も入っていない。久しぶりに定時で帰れそうだ。

(夕飯、少し手の込んだものを作ろうかなあ)

確か、冷蔵庫に残っている食材は……と夕食のメニューに想いを馳(は)せつつキーボードを打っていると、斜め向かいのデスクで永松さんが立ち上がり、つかつかとこちらに近づいてくる。

（うわ、どうしたんだろう）

自分を敵視し、何くれと嫌がらせをしてくる先輩の接近に、私は自然と身構えてしまう。

「大神さん、ちょっといいかしら。私ったらついうっかり言い忘れていたけど、今日の役員会議の議事録作成はあなたの担当だったのよ。悪いけど、今日中にやっておいてね」

「えっ」

「ふふっ、伝えるのが遅れてごめんなさいねぇ」

永松さんはちっとも悪いと思っていないのが丸わかりのニヤニヤ笑いを浮かべる。そして私にだけ聞こえる声で小さく、「いい気になっていられるのも今のうちよ」と言った。

「え……？」

「じゃ、よろしく」

彼女は言い逃げとばかり私のデスクへＵＳＢメモリを置くと、自分のデスクに戻って帰り支度を始め、終業時刻になると同時に帰ってしまった。

呆気にとられる私に、周りから同情や好奇の視線が寄せられる。

（はあ……っ）

やられた。彼女はああ言っていたけれど、今回の役員会議の議事録作成は永松さんの担当だったはず。

それを堂々と「あなたの担当だ」と押しつけ、あまつさえわざわざ終業時刻ギリギリに言い渡すなんて、嫌がらせに外(ほか)ならない。

いつも目を光らせてくれている宮崎課長が、今日はお家の事情で早退していたのも災いしたのだろう。咎(とが)める人がいないからこその暴挙だ。

(くっそ〜、久しぶりに定時で帰れると思ったんだけどなぁ)

二時間の予定が三時間にまで延びた会議の議事録作成とか、どれだけ時間がかかると思っているんだろう。

それに、「いい気になっていられるのも今のうち」って、いったいどういう……

「……はあ」

いや、今は考えても仕方がない。永松さんは帰ってしまったし、USBメモリを渡された以上は、私が議事録を作成するしかないのだ。

この程度のことでいちいち周りに泣きついていては、常務付きの秘書なんて務まらない。

「先輩から嫌がらせで仕事を押しつけられました」なんて、上司である宮崎課長やゆうちゃんに言えないし、忙しい二人を煩(わずら)わせたくなかった。何より、永松さんの嫌がらせに負けたくない!

私はため息を呑み込んで、気持ちを切り替える。

（まずはこっちを終わらせよう）

先に社内文書の清書を完成させ、ゆうちゃんに確認してもらうべくメールに添付した。ついで、その文面に『今日は残業で遅くなるので、先に帰ってください。夕飯も、申し訳ないけれど今日は外で食べてきてください』と書き添える。間の悪いことに、作り置きのお総菜を今日の朝食で使いきっていたのだ。

メールを送ったあと、永松さんから渡されたUSBメモリをパソコンに差し込み、ファイルを開く。そこには件の役員会議のやりとりを録音した音声データが入っていた。

まあ、これを渡してくれただけよしとしよう。私も会議には常務付きの秘書として同席していたとはいえ、配布資料に書いたメモと記憶だけを頼りに議事録を作成するのはさすがに無理だ。

専用のフォーマットを開き、まずは資料とメモを元に必要な項目を打ち込んでいく。するとしばらくして、ゆうちゃんからメールの返信が届いた。

『清書はこれで問題ない。残業の件も了解した。あんま無理すんなよ、頑張れ』

（ゆうちゃん……）

最後に添えられた何げない言葉に、胸がジーンとなる。

そして、たったそれだけのことで「よーし、頑張るぞ！」とやる気を漲らせた私は、とても単純な人間なのだろう。

「お疲れさまでした～」

「お先に失礼します」

「はーい、お疲れさまでーす」

次々と退社していく同僚達を見送りつつ、音声データを確認し、ひたすら議事録を作成する。

そうして気づけば一時間が経ち、夜のオフィスには私だけになっていた。

「ふう……」

ずっとパソコンと向かい合っていて、さすがに疲れた……

お腹も空いたけれど、食べ物を買いに行く時間が惜しい。

代わりにすっかり温くなったコーヒーを口にして、作業を再開した。夕飯は、全部終わらせたあとで帰りにどこかへ食べに行こう。

そう思った時、オフィスの扉がコンコンとノックされる。

「……ん？」

（もしかして、守衛さんが見回りに来たのかな？）

しかし、扉を開けて現れたのは意外な人物だった。

「なんだ、お前一人なのか」

「ゆ、ゆうちゃん!?」

（先に帰ったはずの彼がどうしてここへ⁉）

目を瞠ると、ゆうちゃんはあっさり「差し入れ持ってきてやったんだよ。感謝しろ」とのたまう。

確かに彼は、コンビニの袋を持っていた。

「わ、ありがとう～！」

「ん」

ゆうちゃんは私の隣のデスクから椅子を引き寄せ、どっかりと座る。

そして冷たいものと温かいものを分けたビニール袋からそれぞれ二人分のペットボトルのお茶と中華まんを取り出し、デスクに置いた。

（美味しそう……）

空腹のあまり、引き寄せられるように中華まんを手に取る。

（ふわぁ……）

大きな中華まんはまだほかほかと温かい。ぱくっと齧りつけば、ふわふわの生地の中にタケノコ入りの牛肉餡がたっぷり詰まっていた。

（肉まんだったのかぁ。ん～、美味しい！）

タケノコのコリシャクッとした食感がたまらない。

「……んぐ。そういえばゆうちゃん、夕飯は？」

一口、二口と肉まんを食べつつ、彼に尋ねる。

するとゆうちゃんはペットボトルの蓋(ふた)を開け、「まだだ」と答えた。

「待っててやるから、一緒に食いに行くぞ」

お茶を飲むと鞄(かばん)からタブレットを取り出し、来週訪問する予定の取引先の資料を確認し始める。

私の作業が終わるまで、自分も仕事をしがてら待っていてくれるつもりなのだろう。

「ありがとう、ゆうちゃん」

「別に……。いいから手を動かせ、手を」

肉まん一つじゃ足りないだろ、早く終わらせてメシ食うぞ、とゆうちゃんは言う。

「はーい」

昔からちっとも変わらない彼のぶっきらぼうな優しさが心に沁(し)みて、胸がきゅーっと締め付けられる。

私はやっぱり、この人が好きだ。

でも、自分の想いが報(むく)われるなんて期待は抱かない。

彼にとって、自分が『恋愛対象外』だということはわかっている。

今はただ、こうしてゆうちゃんと過ごせる時間を大切にしよう。

（よーし、とりあえずはこの仕事を片付ける！　そしてゆうちゃんと晩ごはんを食べに

行く）

彼の気遣いと差し入れの肉まんで心身共にエネルギーを補給した私は、その後急ピッチで議事録を仕上げた。

もちろん正確さも重視して仕上げたそれは、ゆうちゃんがチェックして「上出来だ」と太鼓判を押してくれる。よかった〜！

仕事に関しては、妹だろうと手心を加えない人だからね。求められるレベルが高いだけに、達成できた時の喜びはひとしおだ。

「じゃ、帰るか」

「うん」

急ぎ足で帰り支度を済ませて、夜のオフィスを出る。秘書課のあるフロアに残っていたのは私達だけだったけど、他の階にはちらほら残っている人達の姿があった。

ゆうちゃんと「夕飯はどこのお店に行く？」「久しぶりにあの小料理屋に行ってみるか」なんて会話をしながら駐車場に行って、彼の愛車に乗り込む。

そしてお店までの道すがら、ふと思い出したように、ゆうちゃんが口を開いた。

「そういえば、もうすぐお前の誕生日だな」

「あ」

言われて思い出す。そうだ、私の誕生日は再来週だったっけ。

ちなみに、私の誕生日は生まれた日ではない。出生日がわからなかったため、発見された日が誕生日となっているのだ。

つまり私の誕生日は、ゆうちゃんに拾われた日。彼と初めて出会った日でもある。

（あれから、もう二十六年かぁ……）

子どものころは十年や二十年が途方もなく長い年月に思えたのに、振り返ってみるとあっという間だったなぁ。

この二十六年間で変わらなかったものもあれば、変わったものもいっぱいある。

私達が恋人同士でもないのに身体を重ねるようになったなんて、その最たるものだろう。

「欲しいもの、考えておけよ」

「うん。ありがとう、ゆうちゃん」

（……本当は、プレゼントなんていらない）

あなたとこうして一緒に過ごせるだけで、私はもう十分すぎるほど幸せだから。

けれど、そんなことを言ったら「変な遠慮するな、馬鹿」と言われるに違いないので、「考えておくね」とだけ答える。

「忘れるなよ」

「はーい」

そういえば、去年も同じような会話をして、結局プレゼントのリクエストが決まらなくて、ゆうちゃんに「考えておけって言っただろ」と怒られたなぁ。

一年前の出来事を懐かしく思い返しつつ、私は彼に知られないようにくすりと忍び笑いを浮かべたのだった。

迎えた誕生日当日。

残業になることもなく定時で仕事を終えた私は、先に帰るというゆうちゃんと別れ、一人会社近くのカフェに向かった。昼休みに次兄のまさ兄から連絡があって、仕事終わりに会えないかと打診されていたのだ。

どうせならゆうちゃんも一緒に行こうよと誘ったのだけれど、「別に、雅斗と会う必要はない」とすげなく断られた。

私は久しぶりにお兄ちゃんと会えるの嬉しいけど、ゆうちゃんは違うみたいだ。男兄弟ってそういうものなのかなぁ。

（……あ、いた）

指定された店に入った私は、四人用のソファ席に次兄――大神雅斗の姿を見つけた。

「まさ兄」

「おお、小春。こっちこっち」

私より八つ上、現在三十四歳のまさ兄は、ゆうちゃんによく似た面立ちをくしゃっと笑ませる。

私が兄の向かいに座ると、店員さんがすかさず注文を取りにきた。若い女性の店員さんは、ちらちらとまさ兄を気にしている。

人の——特に異性の目を惹きつけるのは、ゆうちゃんと同じだ。

むしろまさ兄の方がゆうちゃんより雰囲気が柔らかく、近づきやすいようで、既婚者になった現在も、変わらずモテているらしい。

いつだったかまさ兄のお嫁さんである馨さんから、「結婚後も雅斗に愛人志望の女性が寄ってきて鬱陶しい」と聞いたことがある。

私は兄にすっかりぽうっとなっている店員さんに苦笑しつつ、ホットのブレンドコーヒーを注文した。

店員さんが名残惜しげに席を離れると、まさ兄がすかさず口を開く。

「仕事帰りに呼び出して悪かったな。どうしても当日に渡したくってさ。ついでに、他の家族からの分も預かってきた」

そう言って渡されたのは、大小様々な四つのショップバッグだ。中にはラッピングされたプレゼントとメッセージカードが入っている。

「誕生日おめでとう、小春。これはじいさんとばあさんから、こっちは父さんと母さんからで、こっちは晴斗兄家族から。で、これが俺と馨からな」

　馨さんはまさ兄と同じ会社に勤めるバリバリのキャリアウーマンで、私を実の妹のように可愛がってくれている。私にとっても彼女は大好きなお姉さんだ。

「ありがとう、まさ兄」

　次兄が私を呼び出したのは、家族からの誕生日プレゼントを渡すためだったらしい。郵送という手段もあるのに、わざわざ足を運んでくれた気遣いがありがたかった。

「どういたしまして。俺も、久しぶりに小春と会えて嬉しいよ」

　家族はみんなそれぞれ忙しいので、直接顔を合わせる機会は少ない。

　それでも仲が良くて、しょっちゅうメッセージアプリやメール、電話のやりとりをしている。今日だって日付が変わると同時にみんなからお祝いの言葉をもらった。

　はる兄のところの子ども達、五歳の甥と三歳の姪にも今朝写真付きのお祝いメッセージをもらっている。

　ちなみにゆうちゃんからも、時計の針が零時をさした瞬間に「誕生日おめでとう」と言われた。毎年、「俺が一番に言う」って、他の家族と張り合っているんだよね。負けず嫌いだから。

そんなわけで、私にとっての誕生日は、家族からの愛情を改めて実感できる日でもあった。

「今夜は勇斗と食事に行くんだって？」

「うん。ゆうちゃんがお店を予約してくれたみたい」

まさ兄の言う通り、今日は彼とレストランに行くことになっている。これは二人で暮らすようになって以来、ほぼ毎年恒例の行事だ。

「でも、今年はどこのお店なのか教えてくれないんだ」

せめてフレンチなのか和食なのかイタリアンなのか、それくらいは教えてくれればいいのに、ゆうちゃんは「内緒だ」と言う。

ドレスコードのあるレストランもあるんだし、事前に知っておきたいのになあ。

そうまさ兄に話すと、彼は何故かニヤニヤと笑い、「あいつもあいつなりに色々考えているのさ」と言った。

その言葉の真意はわからなかったものの、ゆうちゃんに告げられていた予約時間まで余裕があったので、私はブレンドコーヒーをお供に兄と久しぶりのおしゃべりに興じる。

私もゆうちゃんも残業になる可能性があったため、レストランの予約は遅めの時間にしてあると聞いていた。

「――で、最近会社はどうだ？　大叔父がまた社長や勇斗達を困らせてるらしいって聞いたけど、小春は大丈夫か？」

「あはは……」

　まさ兄に問われ、私は苦笑いを浮かべる。

　実はここ数ヶ月、我が社では前々から問題視されていた専務派閥と社長・副社長派閥の対立が激化していた。正確に言うなら、専務である大叔父と、社長達の派閥に属するゆうちゃんの関係が悪化しているのだ。

　大叔父が元々、自分に反抗的なゆうちゃんを快く思っていなかったことに加え、おそらく私と藤吉さんのお見合いを彼がぶち壊した件が影響しているのだろう。

　まるで意趣返しみたいに、ゆうちゃんが主導しているプロジェクトに横やりを入れてきたり、彼の意見にことごとく異を唱えたりと、対立を深めていた。

　それが筋の通った言い分なら、ゆうちゃんだって受け入れるだろう。しかし大叔父の場合、ただ気に入らないから反対するのだ。会議に同席していた社長も副社長も呆れていた。

「私は大丈夫。前におじいちゃんが釘をさしてくれたからか、直接何か言われたりされたりすることはないよ」

　それはそれで、不気味ではあるんだけど。

　もしかしたら私に当たれない分の鬱憤も、ゆうちゃんに向かっているのかもしれない。

「ただ、ゆうちゃんは――」

彼は、私には「心配するな」と言うだけ。一応何か対策を考えているらしいのだけれど、詳しくは話してくれない。

どうも、大叔父の件には私を関わらせまいとしているみたいなのだ。

たぶん、私を守ろうとしてくれているんだと思う。

そんなゆうちゃんの気持ちが嬉しい一方で、一人蚊帳の外に置かれる自分が情けないというか、なんというか……

私は彼の専属秘書なのに、役に立つどころか庇われてばかりいる。

そんな愚痴をついつい、まさ兄に話してしまった。

「あんまり思い詰めるなって。小春は十分、勇斗の役に立ってるよ」

「まさ兄……」

「小春に話さずにいるのは、たぶんあいつなりに考えがあるからなんだろう」

「……うん。そう、だよね」

「そうそう。今は黙って、あいつを信じてやりな」

「うん。ありがとう、まさ兄」

兄に話を聞いてもらえて、胸のつかえがとれた気がする。

「まさ兄の方は、最近どう？　馨さんと仲良くしてる？」

「ああ、もちろん。先週は馨と二人で……」

そんな感じでお互いの近況を話し、まさ兄の惚気話を聞いているうちに、あっという間に時が過ぎた。

「……っと、そろそろだな。これ以上小春を独占してると、勇斗にキレられる」

腕時計で時刻を確認したまさ兄がそう言い、私達はカフェを出る。

ゆうちゃんがキレるかはさておき、レストランの予約時間を考えるとそろそろ帰らなきゃいけない頃合いだ。

（……あれ？）

お会計を済ませている時、ふいに視線を感じた私は振り返った。

誰か知り合いでもいるのだろうかと思ったのだけれど、店内にそれらしい人の姿はない。

気のせい……だったのかな。

「どうした？　小春」

「ううん、なんでもない。それよりごちそうさまでした、まさ兄」

自分の分は自分で……というか、わざわざここまで来てもらったお礼にまさ兄の分も私が払おうと思ったのに、「ここは兄に華を持たせなさい」と言われて、結局奢ってもらったのだ。

「これくらい気にするな。じゃ、帰ろうか」

「うん」

帰りは、まさ兄が車でマンションまで送ってくれた。通勤用の鞄(かばん)の他に家族からもらったプレゼントも抱えていたので、助かる。

「今日は本当にありがとう、まさ兄。馨さんにもよろしく言っておいて」

「ああ」

マンションのエントランス前で兄と別れ、私はゆうちゃんの待つ部屋に向かった。

そうだ、部屋に着いたら家族にプレゼントのお礼を伝えなきゃ。電話がいいかな？　それとも、メールの方がいいかな。

（あ、でもこれから出かけるから、着替えたりメイクを直したりしないと。その前にプレゼントを開けて、お礼は移動中にメールで……）

そんなことを考えつつ扉のロックを解除して部屋に入ると、思いがけない光景が目に飛び込んだ。

「おかえり、小春。意外に早かったな」

「ゆ……う、ちゃん……？」

スーツの上着を脱ぎ、ネクタイを外して白いワイシャツの袖を腕まくりした彼がエプロン――見覚えのない紺色のエプロンをして、玄関で私を出迎える。

（な、なんで⁉　なんでゆうちゃんがエプロンつけてるの⁉）

彼のエプロン姿なんて初めて見た。実家でもこの部屋でも、ゆうちゃんが料理をすることはなかったのだ。

驚きのあまりぽかんと口を開く私に、彼は少し拗ねた様子で「びっくりしすぎだ、馬鹿」と言う。

「いつまでもそこに突っ立ってないで、中に入れ。……あ、今日の夕飯は俺が作るから。不味くても文句言うなよ」

「えっ！　今夜はレストランに食事に行くはずじゃ……」

「ああ、それ嘘だから。そうでも言っておかないと、お前、夕飯の用意しちゃうだろ」

「ええっ」

さらに驚いたことに、まさ兄が私を呼び出したのもゆうちゃんの仕込みだという。

彼は私が兄と会っている間に、今夜の食材を用意したのだそうだ。そして私の居ぬ間に、調理にとりかかっていたと。

全ては、私にサプライズで手料理を振る舞うため。

まさ兄が妙にニヤニヤしていたのは、これを知っていたせいなのだろう。

「せっかくの誕生日だからな。毎年外食ばっかりじゃ芸がないっていうか……。たまにはこういうのもいいだろ」

「ゆうちゃん……」

「それとも、俺の手料理より外食の方がよかったか？」

「ううん！　そんなことない！」

だって、大好きな人が自分のためだけに作ってくれる料理だよ⁉

どんな高級料理より、私にはゆうちゃんの手料理の方が嬉しい。何十倍も、何百倍も、嬉しい。

「なら、おとなしく待っとけ」

彼は私の頭をくしゃっと撫で、キッチンに戻った。

「あっ」

私も慌てて靴を脱ぎ、彼の後を追う。

（ゆうちゃんが、私のために……）

ドキドキしつつリビングに入って、まさ兄から受け取ったプレゼントの袋をソファに置いた。

それからいったん自室に行き、通勤着からラフな部屋着に着替える。そのあとは洗面所でメイクを落としてさっぱりしてから、スマホを持ってリビングに戻った。

その間もずっと気持ちがふわふわそわそわして、落ち着かない。

おとなしく待っとけと言われたので、ソファに座り、家族からの誕生日プレゼントを開封しながらキッチンに立つゆうちゃんの様子を窺うことにした。

彼はタブレットでレシピを見て作っているらしく、時折「くそっ、適量って言われてもわかんねーよ。具体的に書いておけ」「切るように混ぜる……？　包丁を使って混ぜろってことか？」など不穏な言葉を呟いては、悪戦苦闘している。

見かねて「私も手伝おうか？」と申し出たが、「お前は手を出すな。最初から最後まで俺一人でやる」と言われた。

そうして一時間ほど。私はプレゼントの開封も、家族にお礼を伝えるのも全て終わらせ、ゆうちゃんから声がかかるのをひたすら待つ。

ちなみにサプライズの内情を知っていたまさ兄から、『勇斗の手料理食べて腹壊すなよ。食えないと思ったら無理せず残しなさい』とのメッセージが届いた。これは、ゆうちゃんには内緒にしておく。

「小春、できたぞ」

ダイニングテーブルに料理を並べ終えたゆうちゃんが、私を呼ぶ。

「待たせて悪かったな。腹減っただろう」

「ううん、大丈夫」

嬉しくて胸がいっぱいで、あんまり空腹を感じていない。

そして私は、ゆうちゃんがわざわざ引いてくれたダイニングチェアに腰かけ、改めて机上の料理を見渡した。

「わあ……」

並んでいるのは、私の好物ばかり。

ところどころ焦げていて、形も崩れているスパニッシュオムレツ。やけに大きなタマネギのみじん切りが使われているハンバーグに、ちぎったレタスと若干潰れたトマトとモッツァレラチーズのサラダ。どの具も大きめの豚汁に、少しばかりべちゃっとしている炊きたての白いご飯だ。

「あー、料理って結構難しいんだな。レシピもあるし、これくらいなら俺にもできるかと思ったけど、結果このざまだ」

学生時代の調理実習くらいでしか料理をしたことがないというゆうちゃんが作ってくれた料理は、確かにお世辞にも上出来とは言えない仕上がりだ。

でも私には、何よりのごちそうだった。

「やっぱり今からでも、どこか食べに行くか？」

「ううん、私はこれがいい」

食べるのがもったいないくらいの料理を、まずはスマホのカメラで写真に収める。

こんな貴重なもの、記録に残しておかないと！

それから「いただきます」と手を合わせ、ゆうちゃん手製のハンバーグを一口食べた。

「………っ」

ゆうちゃんは不安げに、私の反応を窺っている。

（……うん。外側はちょっと焦げちゃってるけど、中もちゃんと火が通ってるね。大きめのタマネギもシャキシャキとした食感が残っていて、これはこれでいける）

「とっても美味しいよ、ゆうちゃん」

お世辞ではなく本心からの感想を伝えると、ゆうちゃんはホッとしたような顔で「そうか」と頷いた。そして自分も豚汁を食べて一言。

「……見た目ほど不味くはないな」

ただ少ししょっぱかったみたいで、ポットからお湯を足して薄めていた。たぶん、お味噌を入れすぎたんだと思う。

「ふふっ。料理したことなかったのに、いきなりでこれだけ作れるなんてすごいよ」

そう褒めると、彼は「そうか？」とまんざらでもない様子だ。

「けどやっぱ、俺にはお前のメシの方がいいわ」

小春の料理が一番美味いからなと、何でもないような顔で言う。

「ゆうちゃん……」

「まあ、でも、お前が喜ぶなら……。たまになら、作ってやってもいいぞ」

「……っ」

ぷいっと、どこか照れくさそうに逸らした横顔に、どうしようもなく胸が締め付けられた。

（……もう）

この人はどれだけ、私を惹きつけるのだろう。

「ありがとう、ゆうちゃん」

（大好き……）

彼が私のために作ってくれた料理に、そこに込められた気持ちに、お腹と心が満たされる。

（ゆうちゃんも、私と同じ気持ちでいてくれたらいいのになぁ……）

そう、つい欲張ったことを考えてしまうのは、許してほしい。

……大丈夫、言わないよ。ゆうちゃんを困らせるようなことは、言わない。

この想いは告げないと、心に決めている。

自分の気持ちを伝えて、彼に変な気を使わせたくない。

（ううん、違う）

本当はただ、臆病なだけだ。

気持ちを告げて、今の関係を壊したくない。

恋人同士みたいだと錯覚できるほど親密な現状を、変えたくない。終わらせたくない。

だから言えないし、言わない。

「……小春？」

食事の手を止め、物想いに耽っていた私に、ゆうちゃんが訝しげな声を上げる。

私ははっとして、「なんでもない」と誤魔化し、彼が作ってくれたハンバーグを口いっぱいに頬張った。

そうして誕生日ディナーを思う存分堪能したあとは、二人で一緒に食器を洗う。うちには食洗機もあるのだけれど、ケーキを食べる前の腹ごなしにと、手洗いすることにした。

後片付けを終えたら、また二人でダイニングテーブルにつき、ゆうちゃんが買ってきてくれたバースデーケーキを食べる。

二人でも食べきれるサイズの白いホールケーキは、私の好きな苺がたっぷりと載っていて、フリルのように絞られた生クリームがとっても可愛い。

ちなみに、私の誕生日にはショートケーキを。ゆうちゃんの誕生日にはチョコレートケーキを買うのが実家にいたころからの定番だ。

半分に切り分けたケーキをそれぞれのお皿に載せて、お気に入りの紅茶をお供にいただいた。

「ん、美味しい～」

生クリームがほど良い甘さで、苺の甘酸っぱさを引き立てている。スポンジもふわふわだ〜。

一口一口、じっくりと味わうように食べる私とは対照的に、ゆうちゃんはぱくぱくと食べ進める。そして早々に平らげると、席を立ってリビングから出ていった。

（…………？）

どうしたんだろうと思っていると、ほどなく、大きな紙袋と小さな紙袋を一つずつ持って戻ってくる。

（あ、もしかして……）

「これ、俺からの誕生日プレゼントな」

「ありがとう、ゆうちゃん」

でも、どうして二つも？　と首を傾げつつ、プレゼントを受け取る。

「開けてみてもいい？」

「ああ」

私はわずかに残っていたケーキを口に入れて、お皿をテーブルの端に寄せる。

それから、プレゼントを開封した。

まず開けたのは、小さな紙袋に入っていた方。ラッピングを丁寧にほどくと、茶色い革製のカバーがついたシステム手帳が顔を覗かせる。

これは私が愛用しているメーカーの品で、来年用に使わせてもらおうと、ゆうちゃんにリクエストしていたものだ。

「これでいいんだろ？」

「うん！　ありがとう」

ここのシステム手帳、使い勝手が良くて気に入っているんだよね。スケジュールなんかはパソコンとタブレットでも管理しているけれど、手帳も長年の習慣で手放せない。

ただ、私のリクエストはゆうちゃんにとって『安上がり』すぎたらしい。

そこで彼は、もう一つのプレゼントを用意したのだそうだ。

「そっちも開けてみろよ」

ゆうちゃんは何故かニヤニヤと笑い、私を促した。

（その表情、まさ兄にそっくり……）

大きな紙袋の中には、リボンの結ばれたボックスが四つも入っている。

それらをテーブルの上に出して、まず一つ目の蓋を開けると——

「えっ⁉」

中にきちんと収まっていたのは、なんと、女性物の下着だった。

（し、しかもめちゃくちゃセクシーなやつ！）

ぎょっとする私に、ゆうちゃんは悪戯が成功した！　みたいな顔で、「前に言っただろう？　エロい下着買ってやるって」とのたまう。

そ、そういえば初めてゆうちゃんとセックスした時にそんなことを言われた覚えが……

（でもまさか、実行するなんて！）

ボックスの中身は、四つともブラ、ショーツ、ベビードールのセットだ。中にはガーターベルトとガーターストッキングが付いているものもある。

色は黒、赤、白、水色。特に黒いのと赤いのは、透け透けのレース製で、かつ大事なところがオープンになっている、なんとも刺激が強い代物だ。

しかもこれ全部、ゆうちゃんが高級ランジェリーショップに自ら赴き、選んだものらしい。

思わず「男一人で恥ずかしくなかったの!?」と聞くと、彼は涼しい顔で「別に。むしろ選ぶの楽しかったぞ」と答えた。

ううう、なんて図太いんだ。女の私だって、お店で下着を選ぶのは気恥ずかしいのに。

（……あ、よく見れば紙袋とボックスのリボンにショップのロゴが入ってる。ってこれ、すごく高いブランドのやつだよ）

綺麗なデザインが多くて前々から気になってはいたものの、なかなか手を出せずにいた。

（ただでさえ下着って高いのに、高級ブランドのそれを、四セットもなんて……）

いったいいくら使わせてしまったのか。

なんだか申し訳ないなあと思っていると、私の反応に不安を覚えたのか、ゆうちゃんが「気に入らなかったか？」と問いかけてくる。

「そ、そういうわけじゃ！」

私は慌てて首を横に振った。

「こんなに高い物を買ってもらって、申し訳なくて……」

散財させてごめんなさいと謝ると、ゆうちゃんは呆れたような顔で「馬鹿小春」とため息をつく。

「俺がお前に着せたくて買ってきたんだから、そんなこと気にしなくていいんだよ」

「けど……」

やっぱり申し訳ないよ。今年の五月にあったゆうちゃんの誕生日では、私、こんなに高いプレゼント用意しなかったもの。

「それでも気になるって言うなら、その下着をつけて、俺を楽しませろ」

「えっ」

今何か、いい笑顔ですごいことを言われた気がする。

楽しませるって、つまり……

「今夜どれを使うかは、お前に選ばせてやるよ」

彼が買ってきたセクシーな下着を身につけてセックスをしようという、ベッドのお誘い。

「……っ」

ゆうちゃんの言葉を理解した瞬間、カアッと身体の熱が高まった。

(これを着て!? そっ、そんなの恥ずかしすぎる!)

「まあ、お前がどうしても嫌だって言うなら諦めるけど……」

彼は情欲の籠(こも)った瞳で私をじっと見つめる。

「俺はお前の、綺麗で色っぽい姿を見てみたい」

「ゆ、ゆうちゃ……」

「なあ、どうしてもだめか?」

「うっ……」

大好きな人にそう望まれて、どうして断れるだろう。

結局私は羞恥心(しゅうちしん)を呑み込み、「わ、わかりました」と頷(うなず)いたのだった。

ケーキのお皿を片付けたあと、私達は交代でシャワーを浴びた。最初がゆうちゃんで、次が私。念入りに身体を清めてから、彼に贈られた下着を身につける。

「………っ」

選んだのは、四組の中では一番マシに見えた水色のランジェリー。黄色と白の糸で繊細な花模様が刺繍された美しいデザインのものだ。

ただ、ブラはハーフ……いや、オープンカップ？　っていうのかな。乳首が隠れるか隠れないかのギリギリの面積しかなくて、落ち着かない。

ショーツもほぼ紐のTバックだし、セットのベビードールは布地が透け透けで恥ずかしい。

だけど、これでも四組の中では一番露出が控えめなんだよね。他のやつは、ブラトップやショーツがさらにオープン――割れ目から大事な部分が見えるようになっている。とても身につける勇気が持てなかった。

（本当に大丈夫かな……？）

こんなセクシーな下着、私に似合っているのだろうか。

ゆうちゃんにがっかりされるんじゃないかと不安で、鏡の前からなかなか動けない。けれどいつまでも下着姿で脱衣所に居座るわけにもいかず、私はバスローブを羽織って彼の待つ寝室に向かった。

この家でセックスする時は、いつもゆうちゃんの部屋を使っている。私の部屋のベッドはシングルで、体格の良い彼と二人で寝るには狭すぎた。

「お待たせしました……」

おずおずと扉を開くと、真っ先に「遅い」と文句を言われる。

「ご、ごめんなさい」

ゆうちゃんは腰にタオルを巻いただけの姿でベッドに腰かけていた。

シャワーを浴びてから、ずっとその格好でいたのだろうか。

部屋の中は空調が効いているので寒さは感じないとはいえ、そんな状態で長く待たせてしまって、申し訳ない気持ちになる。

扉の近くで所在なく立(た)ち竦(すく)む私を、ゆうちゃんが自分の隣をポフポフと叩(たた)いて「来いよ、小春」と呼ぶ。

(あ……)

反射的に足が動いた。

我ながら、飼い馴らされた犬みたいだと思いつつ彼の手の届く範囲まで近づくと、逞(たくま)しい腕に抱き留められる。

「シャワー上がりなのにもう冷えてるじゃないか。もっと早く来い、馬鹿」

私の頬に触れ、ゆうちゃんが唇を尖(とが)らせる。

かくいう彼の肌も、ひんやりとしていた。私以上に、ゆうちゃんの方が湯冷めしているようだ。

「ごめんなさい」

「こんなことなら、浴槽に湯を張っておけばよかったか？　まあ、ゆっくり風呂に浸かる時間も惜しかったしなぁ」

彼はブツブツ言いつつ、私のバスローブを脱がしにかかる。

「それに、これから汗かくことするんだから、風呂はあとでいいか」

「あ、汗かくことって……」

（確かに毎回汗かくけど、改めて言われると恥ずかしいよ……）

そう思っている間に、バスローブを脱がされ、ゆうちゃんの目前に立たされる。

彼はもじもじと落ち着かない私の下着姿をじっくり見て、ふっと微笑った。

「やっぱこれを選んだな」

どうやら、私が露出の一番マシなこの下着を選ぶことはお見通しだったみたい。

「俺的には赤いやつが好みなんだけど、まあそれは次の楽しみにとっておくか」

「あ、赤いのって……」

一番ドエロいやつじゃん！　あれを着る勇気はないよ～！

（……でも）

なんだかんだいって、ゆうちゃんに頼まれたら断れないいんだろうなぁ。

（喜んでもらえるのは、嬉しいし……）

今だって、彼は上機嫌で私の下着姿をまじまじと観察している。

ベビードールの裾をぺらっとめくったり、透けた生地に覆われた、見えそうで見えない胸の頂をじいっと凝視したり、なんだか楽しそう。

(男の人って、やっぱりこういうエッチなのが好きなのかな)

そうしてひとしきり私の身体を見たあと、ゆうちゃんは笑みを深めて言った。

「俺の目にくるいはなかったな。すげぇ似合ってる。綺麗だぞ、小春」

「ふえっ⁉」

まさかこんなストレートに褒めてもらえるなんて思わなくて、ドキッと心臓が跳ねる。

「ほ、本当に……? 変じゃない?」

「変じゃない。なんだ、俺の審美眼を疑ってんのか?」

「そ、そういうわけじゃないけど……」

ただ、自分に自信がないだけなんだと思う。

もっとこう、背がすらっと高くて、腰がキュッと締まっている綺麗な女の人の方がセクシーな下着も似合うだろうし、ゆうちゃんの相手にも相応しいんだろうな。

うう、なんだかこんな格好で彼の前に立っている自分がさらに恥ずかしくなってきた。

「こーはーる」

「わぷっ」

つい俯いていたら、ゆうちゃんが私の頬を両手でむぎゅっと挟んだ。

「お前はあれこれ気にしすぎなんだよ」

そう言って、彼は頬から手を離す。

「小春は可愛いし、綺麗だ」

「ゆうちゃん……」

「そしてエロい」

「なっ」

途中まではいい雰囲気だったのに、最後！　最後で台なし！

「もうっ！　ゆうちゃん！」

「あははは！　いいじゃん。俺、エロい女好きだぜ？」

だから今お前にこれ着せてるんだよと笑いながら、ゆうちゃんはベビードールの裾を胸の上までたくし上げた。

小さなカップに覆われたふくらみが露わになる。

それを、彼は「おお～、やっぱすげぇ迫力だな」と満足げな様子で眺めた。

「……っ」

（あ、あんまりまじまじと見ないで……）

やっぱり、恥ずかしいものは恥ずかしいよ。

それになんだか、視線で犯されている気分になる。

直接触れられてもいないのに肌がちりちりと粟立って、下腹の奥が疼くのだ。

「……これ、いいよな。見えそうで見えないギリギリのライン」

「ひゃうっ」

彼の指が突然、ブラ越しに胸の頂をちょんっと突いてきた。

たったそれだけのことで、私は馬鹿みたいに腰を揺らす。

しかも続けざま、爪の先でカリカリッと先端を刺激され、もう涙目だ。

「あっ、ゆ、ゆうちゃん……」

「ん？」

素知らぬふりで私を見る彼が憎たらしい。

（ゆうちゃんだって……）

興奮、しているくせに。

わかるよ、私を見る瞳に熱が籠っていること。綺麗な黒目が爛々と輝いて、まるで獲物を捕えた肉食獣みたいだ。

「……んあっ」

布越しに胸の頂を弄っていた彼の指がカップに引っ掛かり、ブラがずり下げられる。

とたん、どうにか収まっていたふくらみが、ぽろんっと解放された。

「あっ」

「ははっ。めっちゃエロい」

「ゆ、ゆうちゃ……」

ぐいっと腰を抱き寄せられ、彼の顔に胸を押しつけるような体勢にさせられる。

そしてゆうちゃんは、露わになった頂にちゅうっと吸いついてきた。

「んんっ」

硬くしこった先端を舌でねっとり舐められ、舌で転がされて、どうしようもなく身体が震える。

「ああっ、やぁっ」

しかも彼はただ舐めるだけでなく、わざと歯を立てて甘噛みしたり、しっとりと汗ばむ丘陵にキスをしたり痕を残したりと、攻めの手を増やしていく。

「あっ」

たぶん、私が身動ぎしたからだろう。胸の上部に引っ掛かっていたベビードールの裾が落ちて、ゆうちゃんの頭にかかる。

すると彼は何を思ったか、今度はベビードールの薄い布越しに、私の胸を愛撫し始めた。

「あっ、ああっ」

直接触れられるのとは違う感覚に、私は身悶える。

濡れた布地が肌に張りついて、もどかしくて。

でも、それもまた気持ち良くて……

「あっ、ゆ、ゆうちゃ……っ」

自然と揺れてしまう私の腰に彼の腕が回ってきたかと思うと、大きな掌でお尻を揉まれた。

いつになく荒い手つきに、ゆうちゃんの昂りを感じる。

それに、彼が腰に巻いたタオル越し、硬く隆起した剛直が存在を主張していた。

「やっ、あぁっ」

Tバックのショーツしか身につけていない私の下半身はとても無防備で、裸とほぼ変わらない。それどころか、細い水色の布地が秘裂に食い込んで、とっても恥ずかしいことになっている。

それをゆうちゃんに見られないだけ、今の密着した体勢でよかったのかも。

そう密かに安堵していると、彼が突然、私の胸から顔を上げた。

「えっ、あっ、ちょっ」

ゆうちゃんは私を抱いたまま、ベッドの上に倒れ込む。

そして私をシーツにコロンと転がすと、身を離し、私の身体をまじまじと見下ろした。

「な、なんで……」

「いや、やっぱせっかくエロい下着つけてるんだし、ちゃんと見とかないとなと思って」

さっきの体勢ではよく見えないと感じていたのは、私だけではなかったらしい。

さらに乱れた下着姿を眺められ、羞恥で頬が熱くなった。

「……ここも、すげぇことになってるじゃん」

嬉しげに呟いて、彼の手が私の秘所に伸びる。

かろうじて大切な部分を隠している下着は、私が零した愛液で濡れそぼっている。私からはよく見えないけれど、たぶん、布に染みて色を変えるほどに。

「こんな小さいのに、上手く収まるもんだな」

感心した様子でショーツに触れたゆうちゃんが、布地をくいっとずらして秘裂を露わにする。

「やあ……っ」

いっそちゃんと脱がしてくれたらいいのに、半端に乱された自分の姿を想像しただけで、頭の中が沸騰しそうだ。

「もうびちょびちょだな」

言って、ゆうちゃんの手が愛液に濡れた茂みを撫でる。

「あっ」

骨ばった指先が秘裂をなぞり、くぷんっと蜜壷に沈んだ。

「ああっ……」

さんざんに悪戯され、昂っていた私の身体はあっさりと彼の指を受け入れる。

一番感じる場所、すでにぷくりと硬くなっている花芽にようやく触れてもらえて、いっそう強い快感が私を襲った。

「あっ、ああっ」

じゅぼっ、じゅぼっと音を立て、彼処をえぐられる。

こんな淫らな水音を鳴らすほどに、私の蜜壺は愛液を迸らせているのだ。

(やだ、恥ずかしい……)

そう感じる心とは裏腹に、身体は官能の渦に引き込まれ、抜け出せない。

「ああっ……んっ、あっ」

ゆうちゃんの容赦ない愛撫に、思わず啜り泣きにも似た甘い声を上げてしまうほど、強い快感を覚えた。

「あっ、もぉ……っ、いっ……いっちゃ……」

果ての気配が、すぐ傍まで迫っている。

そして、いっそう激しく彼処を犯された私は――

「あああああっ」

びくびくっと身体を躍らせ、今宵最初の絶頂を迎えた。

その拍子に、身体からがくっと力が抜けて、私はシーツにぐったりと身を委ねる。

そんな私を、ゆうちゃんが満足げに見下ろしていた。

（あ……）

果てたばかりの私をしばし見つめたあと、彼が動く。ベッドのサイドボードに置いていた避妊具を開封して、腰に巻いていたタオルをとり、屹立する自身に被せた。

そしてそのまま、下着を脱がすことなく、私に跨ってくる。

「こ、このまま……するの？」

そう問うと、ゆうちゃんはにやっと笑った。

「赤いやつか黒いのだったら、ここが割れてるから……」

囁きつつ、ゆうちゃんは水色のショーツの布地を撫でる。

「そのまま挿入れられるんだけどな。これもずらしたらいけそうだが、破きそうだし、下だけ脱がすか」

「う、うん……」

私としても、せっかく贈られた下着をその夜のうちに破いてしまうのは申し訳ない。

ショーツに手をかけるゆうちゃんに合わせて腰を浮かせ、脱がせてもらう。

そうして、胸を丸出しにしたブラの上に透けたベビードールというなんとも淫らな格好で、私は彼を受け入れることになった。

ゆうちゃんが私の腰を掴み、わずかに自分の方へ引き寄せる。太ももを開くと、そのあわいにある秘裂に自身を宛がい、ぐっと挿し入ってきた。

「んんっ……」

破瓜の時ほどではないとはいえ、大きくて太い剛直を受け入れるのは、未だに少しの苦しさを伴う。肉を割り開かれる感覚、とでもいうのだろうか。

でも、私にはその苦しささえ愛おしい。

だって、大好きな人に抱かれている証拠だから。

「は……っ、今日はいつも以上に熱くてトロトロだな……」

ゆっくりと腰を押し進めながら、ゆうちゃんが呟く。

「エロい下着着せられて、興奮してるのか」

「あぁっ」

そのエロい下着――ベビードール越しに胸の頂をキュッと摘まれて、思わず声が零れる。

「ゆ、ゆうちゃんの意地悪……」

それに、興奮しているのは私だけじゃないでしょう？

（ゆうちゃんだって、いつも以上に……その……昂ってるじゃない）

熱を帯びた彼の瞳が、私を犯したいって訴えている。

「ははっ、悪ぃ」

お前を見てると、ついいじめたくなるんだよなと囁いて、ゆうちゃんは私のご機嫌をとるみたいにちゅっと、頬に触れるだけのキスを落とした。

「う……」

そうやってすぐ甘やかすようなことをしてくるから、意地悪されても憎めないんだよなぁ。

なんて思っている間に、今度は唇に口付けられる。

「ん……っ」

そういえば、今夜はこれが初めてのキスだ。

「あっ……」

最初は唇を合わせるだけだったのに、ほどなく彼の舌が咥内に忍び込んでくる。

「んっ、んんっ」

繋がったまま、お互いの舌を絡め合って、肌を重ねた。

そうしてしばらく官能的なキスに酔い痴れていると、ちゅうっと音を立てて唾液を吸い上げたゆうちゃんの顔が離れていく。その唇が「動くぞ」と告げた。

「うん……」

私が頷いてすぐ、改めてしっかりと私の腰を掴んだ彼が、ゆっくりと腰を動かし始める。

「あ……っ」

初めはもどかしいほどのスローペースで抜き差しされ、焦れたころにようやく、ずぶんっ、ずぷっと水音が響くほど強く穿たれる。

「ああっ、あっ……」

トロトロに蜜を零す彼処を熱い肉棒で擦られて、また快楽の渦に呑み込まれそう。

「はっ、やべっ……、めっちゃ気持ち良いな……っ」

「んっ、あっ」

わ、私も……っ。

「ああっ、あっ……んっ、ああっ」

私も、すごく、気持ち……良い……っ。

「あっ、ああっ、あっ」

頭の中がエッチなことでいっぱいになるくらい、ゆうちゃんとのセックスに溺れている。

「ゆうちゃんっ、ゆうちゃんっ……」

もっと、もっとって、自分でも腰を揺らしてしまう。

そんな自分を恥ずかしいと思う余裕は、もうなかった。

「小春……っ」

「あっ、あああっ」

（くる……っ、きちゃう……っ）

「ああああっ」

身体の奥から熱いものがせり上がってきて、あっけないほど早く、頂点へ押し上げられる。

そうして二度目の果てを迎えた私は、快楽の余韻に痺れながら、ゆうちゃんの身体にぎゅうっと抱きついた。

「……っ」

その拍子に、彼の自身を締め付けたらしい。

ゆうちゃんは悩ましげな表情で、さらに数度、腰を打ちつけてくる。

「あっ……」

「くっ……」

しばらくして、彼はようやく、ゴムの中に白濁を吐き出した。

「……はあ……っ」

私の身体を抱き締めたまま、しばしじっとしていたゆうちゃんが身を離す。

繋がりが解けてしまうのは寂しかったけれど、精を吐露したあと、挿入したまま時間を置くと、ゴムがずれて妊娠の危険が高まるらしい。

彼は私に背を向けて、ごそごそと避妊具を始末する。

そして新しいゴムの封を切って、もう一度自身に被せた。

（あ……）

やっぱり、今夜も一度では終わらないみたい。

明日も平日で仕事があるんだけど、仕方がない……よね。

（私も、今夜はもっと……その、したい……し）

ゆうちゃんと身体を重ねるようになって、自分がどんどんいやらしくなっていると感じるのは、きっと気のせいじゃないだろう。

これまで知らなかった官能を、ゆうちゃんの——大好きな人の手によって教え込まれ、私はすっかり欲張りになってしまったのだ。

「小春、今度は後ろから……な」

「ん……」

準備を終えたゆうちゃんの手で、仰向けからうつ伏せに体勢を変えられる。

私はまだ上手く力の入らない身体で、四つん這いになった。「これにしがみついておけ」と渡された彼の枕からはゆうちゃんの匂いが強く香って、なんだか妙に胸がドキドキする。

好きな人の匂いで興奮するって、私も大概だよね。でも、相手の体臭を心地良く感じるのは遺伝的に相性が良いからだって、何かで読んだ記憶があ――

「んあっ……！」

思考の途中で、突然背後から一息に貫かれる。

そしてそのまま、腰を打ちつけられた。

「あっ、あっ、ああっ」

二度目だというのに、彼の勢いは衰えるどころか増している。

きっと、ゆうちゃんみたいな人を『精力絶倫』というのだろう。

「ああっ、あっ」

「はっ……はぁっ……」

彼が満足するまで付き合うのは、正直大変だ。

けれど、それだけ激しく求めてもらえるのが嬉しいから、私は……

「あっ、ああっ」

今宵も限界まで、ゆうちゃんと睦み合う。

そうして私の二十六歳の誕生日の夜は、淫らに更けていくのだった。

五

誕生日の翌日。寝不足気味の身体をおして普段通り会社に出勤した私は、たまたま手が空いた昼前の時間におつかいを頼まれ、社外に出ていた。急遽午後に来客の予定が入ったため、お客様へお出しするお菓子が必要になったのだ。

会社の最寄駅から二駅先にある町の和菓子屋さんで、目的の品を買う。

他にも、あのお店に行くならと同僚達に頼まれた買い物を済ませ、和菓子屋さんを後にした。

ここのお菓子、どれも絶品だものね。みんなが食べたがる気持ちはよくわかる。

かくいう私も、自分とゆうちゃんのおやつ用におまんじゅうを買った。ゆうちゃん、ここのおまんじゅう大好きだから。

(さて、おつかいも無事済ませたことだし)

今日のお昼はどこで食べようかなぁと思案する。

宮崎課長からは、おつかいのついでに早めの昼休みに入っていいと許可をもらっていた。せっかく外に出たんだし、どうせならどこかのお店で食べていこうかなと考える。

（確か最近、会社の近くに新しい洋食屋さんができたんだよね。そこへ行ってみようかな）

よし、そうしようと目的地を決め、最寄駅からの道を歩く。その足取りが少々重いのは、両手にぶら下げている荷物のせいではなく、昨夜の情事の影響だろう。

エッチな下着で盛り上がり、次の日――つまり今日の明け方近くまでゆうちゃんと致してしまった。

（もうちょっと加減してってって、言うべきだったなぁ）

おかげで身体はだるいし、腰に違和感はあるし、頻繁に眠気が襲ってくる。

でも、今日をなんとか乗り切れば明日は土曜日、お休みだ。

（今週も忙しかったし、土日はゆっくりしたい）

そんなことを思いつつ、目的の店に向かって歩いていると――

「小春さん！」

突然、後ろから声をかけられた。

振り向くと、スーツ姿の藤吉さんが息を切らして立っている。

「……っ」

（な、なんで藤吉さんがここに？）

彼と顔を合わせるのは、お見合いの日以来だ。

とたん、あの日感じた恐怖と嫌悪感が甦り、私は身を固くする。

そんな私の反応に傷ついたのか、藤吉さんは悲しげな表情を浮かべた。

「小春さん。あの日は、失礼な態度をとって本当にすみませんでした。どうしても、直接謝りたくて……」

「い、いえ。もう、終わったことですから」

そう。私の中で、藤吉さんとの一件はとっくに済んだ話だった。

できれば忘れたい、蒸し返したくないことなので、わざわざ謝罪に来られるとかえって困る。

というか、どうして今になって現れたのだろう。あれから、もう二ヶ月近く経っているのに。

「あの、少しだけでいいんです。どうかお時間をもらえませんか？」

「え、いえ、わざわざそんな……。もう大丈夫ですから」

「そういうわけにはいきません！　どうか、お願いします！」

藤吉さんは人目も気にせず、私に向かって深々と頭を下げる。

「ちょっ……」

往来でそんな真似、やめてほしい。

道行く人達の視線が、何事かと私達に向けられる。

「お願いします！」

「ふ、藤吉さん。やめてください」

頭を上げてくださいと言っても、彼は聞き入れてくれない。

こんな職場の近くで、フジヨシ・コーポレーションの御曹司に頭を下げさせている場面を会社の人に見られたらと思うと、気が気じゃなかった。

「どうかお願いします！」

「わ、わかりました。わかりましたから」

結局私は藤吉さんに押し切られる形で、「少しだけなら」と頷いた。

これ以上衆目を集めることに耐えられなかったのだ。

「ありがとうございます！　小春さん」

（はあ……。どうしてこんなことに……）

頭を抱えつつ、人目につくからと、私達は近くにある喫茶店に入ることにした。ここは昨日、まさ兄と待ち合わせたお店だ。

まさか二日連続で利用することになるなんて思わなかった。

さすがに席までは同じにならず、昨日より入り口に近い窓際の、四人掛けの席に通される。

二人してホットのブレンドコーヒーを注文したところで、藤吉さんが再び口を開いた。

「まずはもう一度謝らせてください。あの日は本当にすみませんでした」

額がテーブルにつくんじゃないかと思うほど深々と頭を下げられ、私は慌てる。

「あ、あの、謝罪は本当にもう結構ですので……」

「いえ、それでは俺の気が済みません。言い訳になってしまいますが、あの時、俺、理想ど真ん中の小春さんとお見合いできて、あなたと結婚できる……って舞い上がってしまって」

「は、はぁ……」

「だからといって、あんな態度はありえないですよね」

「…………っ」

まさか「そうですね」なんて言えるわけもなく、私は曖昧な苦笑で誤魔化した。

「父からもきつく叱られて。あのあと、しばらくフランスに行かされていたんです。帰ってきたのは数日前で」

ああ、だから今になって私の前に現れたのか。

疑問の一つが解け、なるほどと頷く。

「帰国したら、真っ先に小春さんに謝ろうって思っていました。実は昨日も、この近くで小春さんを見かけて」

「えっ……」

（昨日も、私に会いに来ていたの？）

「話しかけようと思ったんですけど、連れの人がいたみたいなんで断念しました。あの人、確か大神家の雅斗さん……ですよね？　小春さんのお兄さんの」

「え、ええ」

「やっぱり。雅斗さんとは、パーティーで何度かお話しさせてもらったことがあるのですぐわかりました。気さくで話しやすい方ですよね」

「そう、ですね」

まさ兄と会っているところを藤吉さんに見られていたということは、もしかして、このお店を出る時に感じた視線って、彼の……

（……っ）

ざわっと、肌が粟立つ。

藤吉さんの行動にストーカー的な粘着質さを感じるのは、私の考えすぎ……なのだろうか。

「それから……」

藤吉さんは、ビジネスバッグと一緒に持っていたブランドロゴ入りのショップバッグを私に差し出す。

うわ、これ、フランスに本店がある高級ブランドのものだ。

「昨日、小春さんの誕生日でしたよね？　一日遅れですが、誕生日プレゼントです。お詫びも兼ねているので、ぜひ受け取ってもらえませんか？」

「そんな、いただけません！」

そもそもどうして私の誕生日を……って、そういえばお見合い前に交換したプロフィールに生年月日も書いたんだっけ。

だからといって、破談にしたお見合い相手からプレゼントなんてもらえない。ましてやこんな高級ブランドの品なんて、絶対に受け取れなかった。

そう固辞したんだけど、藤吉さんは「お詫びの品なので、どうか」と言うばかりで聞き入れてくれない。

もらってください、もらえませんの問答を続けている間に、店員さんが二人分のコーヒーを運んでくる。そこでようやく、藤吉さんが諦めてくれた。

（よかった……）

ホッと安堵して、熱々のコーヒーにミルクと砂糖を溶かす。

（これで用件は終わり、かな？　コーヒーを飲んだら、すぐに立ち去ろう）

「……やっぱり、俺じゃだめ……ですか？」

「えっ」

藤吉さんは運ばれてきたコーヒーに口をつけることもなく、ぽつりと呟く。

そして私の顔を真っすぐに見つめ、言った。

「俺は、小春さんのことが好きです。今でも結婚したいと思っています。でも、舞い上がっていたとはいえ、お見合いの日にあんな失礼な態度をとってしまったし、正直、俺のこと気持ち悪い……ですよね？」

（はい、気持ち悪いです……なんて、面と向かって言えないよ……）

第一、どんなに謝られても、あの日の藤吉さんの言動はなかったことにならない。彼のことはどうしても、生理的に受け入れがたかった。

それをどう話したものかとあれこれ考えを巡らせて、私は重い口を開く。

「あ、あの。うちの両親からも話があったと思いますが、藤吉さんとの縁談は、すみません、やっぱりお断りさせていただきます。藤吉さんがどうこう、というだけじゃなくて、その……私の方も、今は誰かとお付き合いとか、結婚とか、考えられなくて……」

どうしたら相手を傷つけないで断れるか考えてしどろもどろになってしまったとはいえ、縁談を受け入れられないという意思はちゃんと伝わった、かな。

「それは、大神常務……お兄さんの勇斗さんがいるから、ですか？」

「えっ」

突然ゆうちゃんの名前が出てきて、私はドキッとする。

「あの日、勇斗さん言ってましたよね？　小春さんのこと、『俺のものだ』って」

「……っ」

そういえばゆうちゃんは、あの時藤吉さんにそんなことを言っていた。言葉にはしなくても、藤吉さんの目が「勇斗さんと付き合ってるんですか？」「兄妹なのに？」と咎めているように感じる。

（ど、どうしよう……）

私とゆうちゃんは恋人同士ではない。けれど、一線を越えてしまった仲ではある。血は繋がっていないとはいえ、兄と妹がただならぬ関係にあるなんて知られたら、外聞が悪い。

変に騒ぎ立てられて、おかしな噂にでもなれば、ゆうちゃんや大神家に迷惑がかかる。

そんな不安が頭を過り、どう言い繕えばいいのかわからず、答えに窮した。

けれど、藤吉さんは何故かにっこりと微笑んで、「シスコンなお兄さんを持つと、大変ですね」と言う。

（あ……）

「勇斗さんはずいぶんと束縛家のようだ。お兄さんの眼が厳しくて、小春さんは自由に恋愛できないんですね」

「え……と」

藤吉さんは、どうやらあの時のゆうちゃんの態度を『度がすぎたシスター・コンプレックス』と受け取っているらしい。

そう、だよね。ゆうちゃんのあの発言だけで、私達が身体の関係を結んだことまで察するはずがない。

実際は『ゆうちゃんが厳しいから』ではなく、『私がゆうちゃんを好きで、今は誰とも恋愛や結婚をする気がないから』『ましてや藤吉さんは無理』ということなのだけれど。そんな本音を藤吉さんに語るわけにもいかず、曖昧(あいまい)に頷(うなず)いておく。

「ああ、やっぱり。でも、もう少しでお兄さんの束縛も緩むと思いますよ。勇斗さんには、近々結婚のご予定があるんですよね？」

「はっ？」

な、何を言っているの、この人。

ゆうちゃんに、結婚の予定って……

(そんなはずない。だって私、何も聞いてないもの)

「あれ？　もしかして知りませんでした？　そちらの大神専務から教えてもらったんですけど、近く結納をするとかなんとか……。勇斗さんも乗り気だって聞いてますよ」

「えっ……」

(う、嘘……。だって、ゆうちゃん、そういう素振りは微塵(みじん)もなかった……よね？　昨夜だって、あんなに私を……)

「仲の良いお兄さんが結婚しちゃうと、寂しいですよね」

戸惑う私に、藤吉さんは気遣わしげな表情を向ける。

「でも、小春さんもそろそろ自分の恋愛や結婚について考えた方がいいと思いますよ。できれば、俺を人生のパートナーに選んでくれると嬉しいです」

そして藤吉さんはコーヒーに一切口をつけないまま、「そろそろ社に戻らなくちゃいけないので」と言って、伝票を手に席を立った。

私も彼に少し遅れて喫茶店を出る。

ゆうちゃんの縁談という予期せぬ話題に、私は動揺していた。

そのせいかすっかり食欲をなくし、予定していた洋食屋さんには行かず、コンビニでゼリー飲料を一つ買って簡単に昼食を済ませる。

「はあ……」

コンビニから会社までの道すがら、私はため息をついた。

少し前まで、早めの昼休みに何を食べようかとうきうきしていたのが嘘のように、気持ちが重く沈んでいる。

（ゆうちゃんが、結婚って……）

藤吉さんの言っていた話は本当なのだろうか。何かの間違いなんじゃ……

（そもそも情報のソースが大叔父なら、思い込みや勘違いってこともありえるよね）

実際、実家の両親や昨日会ったまさ兄は、そんな話はしていなかった。家族をさしおいて、大叔父がゆうちゃんの縁談のことを知っているなんておかしい。

（……うん。きっと、大叔父の勘違いが藤吉さんに伝わってしまったんだ）

「…………っ」

そう頭では納得しているのに、何故だろう。さっきからずっと、胸が苦しい。ぎゅうっと心臓を掴まれている感じがする。

真偽のほどはさておき、ゆうちゃんの縁談の話がそれほどショックだった、ということなのだろう。

（だめだなぁ、私……）

いつかはそんな日が来ると、覚悟しなくちゃと決めていたはずなのに。

このところずっと夢のような時間が——ゆうちゃんと恋人同士みたいに過ごせる時間が続いて、すっかり決心が揺らいでいたのだ。

こんな調子で、もし本当にゆうちゃんが誰かと結婚する……となった時、私はどうなってしまうのか。

「……はあ……」

暗澹（あんたん）とした気持ちのまま、会社のエントランスに足を踏み入れる。

すると前方に、見覚えのある人影を見つけた。

（え……？　あれってもしかして……）

「華蓮ちゃん!?」

綺麗に染めたミルクティーブラウンの髪を緩く巻き、ストライプ模様のお洒落なガウン風コートを粋に着こなす細身の美女が、私の声に振り返る。

「小春ちゃん」

「やっぱり、華蓮ちゃんだ」

彼女の名は大神華蓮。大叔父の三女で、父の従妹に当たる人物だ。

私より二歳上の華蓮ちゃんは学生のころから優秀で、現在は自分で立ち上げた輸入雑貨の会社を経営する才女。父親である大叔父とは違って、彼女達姉妹は私を捨て子だからと色眼鏡で見ず可愛がってくれた、数少ない親戚でもあった。

「今日はどうしたの？　もしかして、専務に会いに？」

大叔父は娘達を——特に年をとってからできた末っ子の華蓮ちゃんを溺愛している。

ただ彼女の方は仕事が忙しく、なかなか実家に顔を出さないのが大叔父は不満なようで、たまに会社に呼びつけることがあった。

だから、今回も大叔父が娘の顔を見たいと彼女を呼んだのかなと思って尋ねると、華蓮ちゃんは困ったように笑って、首を横に振った。

「ううん、違うの。今日は勇斗くんに呼ばれて……」

「えっ、ゆうちゃんに？」

（華蓮ちゃんが来るなんて、ゆうちゃんからは何も聞いてないけど……）

そもそも、どうして彼がわざわざ華蓮ちゃんをここに呼ぶのかがわからない。うちの会社と彼女の会社とは、なんの取引もないし……

（もしかして、新規に契約を結ぶとか？　でも、それならそれで秘書である私に話があってもいいはず……）

私に話さない理由として思いつくのは、最近対立を深める大叔父への対策……。まさかとは思うが、ゆうちゃんは華蓮ちゃんを通して大叔父を懐柔しようとしているのだろうか。

「小春ちゃん？」

「あっ、ご、ごめんなさい」

疑問は次から次へと浮かぶものの、上司が招いたお客様をそのまま放っておくわけにはいかない。

「ゆうちゃんのところまで案内するね」

私は華蓮ちゃんを彼の執務室まで連れていった。

扉をノックし、「大神常務、お客様をお連れしました」と呼びかける。

すると少しの間をおいて、中から「入れ」と応えがあった。

「失礼いたします」

扉を開けると、ゆうちゃんはちょうど誰かと電話している最中のようだ。

さっき返答の間が空いたのは、そのためかもしれない。

「悪いが、ちょっと待っててくれ」

彼はそう断ると、再び電話に集中する。

「華蓮ちゃん、こちらへどうぞ」

「ありがとう、小春ちゃん」

華蓮ちゃんに応接用のソファ席をすすめ、ついで、コーヒーを淹れるため執務室に備え付けの給湯スペースに向かう。

(ゆうちゃんの分は……)

彼のいる執務用の大きなデスクに視線を向ければ、そこには昼食——自社ビルの一階に入っているカフェでテイクアウトしてきたらしいサンドイッチと一緒に、コーヒーが置かれていた。そのサンドイッチはほとんど手つかずのままだ。

私が最後に確認した時より決裁済みの書類や資料のファイルが増えているところを見るに、きっと昼休み中も食事をとる間を惜しんで仕事をしていたのだろう。

(……おつかいを早く切り上げて、ゆうちゃんの手伝いをすればよかった)

そうしていたら、藤吉さんに捕まることもなかったかもしれない。

少し後悔をしつつ、来客用のドリップコーヒーを淹れる。ひとまず、華蓮ちゃんの分だけでいいだろう。

（確か華蓮ちゃんは甘いのが苦手で、コーヒーもブラック派だったはず）

「──先方への謝罪には、俺も同行する。……いや、気にするな。こういう時頭を下げるのも、俺の仕事だ」

（謝罪……？）

漏れ聞こえてくる会話から察するに、どうやら彼が進めているプロジェクトでトラブルが発生したみたいだ。

（ということは、スケジュールの変更もありそうだね）

すぐに対処できるよう、心積もりをしておかなくては。

場合によっては、お詫びの品の手配も必要だ。

「……とにかく、相手には誠意を尽くして対応するしかない。何、大丈夫だ。……ああ。自分達がこれまで築き上げてきたものに自信を持て」

電話の向こうで、突然のトラブルに見舞われて動揺していたらしい相手がだんだんと落ち着きを取り戻していくのが、会話の流れからわかった。

（本当、頼もしいなぁ……）

ゆうちゃんは、今回のようにトラブルがあった際には迅速に対応するし、部下だけに責任をとらせる真似は絶対にしない人だ。

個々人の能力をきちっと把握していて差配も上手く、努力やその成果を正当に評価するため、部下のモチベーションが自然と高くなる。人をやる気にさせるのが得意で、行動力もあり、現場の人間が動きやすいようサポートを惜しまない、頼れる上司。

そんな彼への、社員達の信頼は厚い。

きっと今回のトラブルも、ゆうちゃんが見事に収めてくれるだろう。

(私も、少しでも役に立てるよう、頑張らなくちゃ)

「――この案件、絶対に本契約まで持ち込むぞ。……ああ。アポは二時からだったな。じゃあ、一時間後にエントランスで」

ゆうちゃんはそう言って電話を切ると、給湯スペースから出てきた私にさっそく「小春、スケジュール変更だ」と告げた。

「トレーニング・テスト稼働中のシステムに不具合が出て、データが吹っ飛んだらしい。相手先はカンカンで、今回の契約は白紙に戻すと言っている。一時間後、担当者と一緒に謝罪に行くから、詫びの菓子折りを用意しておいてくれ」

「かしこまりました。すぐに予定を調整し直します」

頭の中で今日のスケジュールを確認しつつ、頷く。

「謝罪には私も同行いたしますか？」

「いや、必要ない。組み直したスケジュールは、メールで送ってくれ。移動中に確認する」

私は「はい」と頷いて、華蓮ちゃんの前にコーヒーカップを置いた。

「待たせて悪かったな、華蓮」

ゆうちゃんはデスクに置いていたテイクアウト用の紙製コーヒーカップを手に、華蓮ちゃんの向かいに腰かける。

「いえいえ。こちらこそ、なんだか大変な時にお邪魔しちゃったみたいで……」

「気にするな。呼んだのは俺だ」

「ふふ。私にとっても大事な話、だからね」

「まあ、な」

そう言って、二人は意味深長に目配せし合う。

（………………）

なんだろう、この空気……

ゆうちゃんと華蓮ちゃんの間でだけ通じ合っている、何か。

それがわからない私は、一人蚊帳の外だ。

「……ええと、大神常務にもコーヒーをお淹れしますか？」

私は気まずさを払拭するように、ゆうちゃんへ声をかけた。

カフェでテイクアウトしてきたコーヒーがどれくらい残っているかわからないが、もしかしたらだいぶ冷めているんじゃないかと思って。

しかしゆうちゃんは、「自分でやるからいい。しばらく人払いして、ここに誰も入ってこないようにしてくれ」と言う。

「はい」

「あと、お前も席を外せ」

「…………はい」

なんとなく予想はしていたけれど、やっぱり……か。

これから二人がどんな話をするのか知らないけれど、華蓮ちゃんの来訪を告げなかったことといい、ゆうちゃんがこの件に私を関わらせまいとしているのは確かだ。

「ごめんね、小春ちゃん。少しの間だけだから」

「……っ、い、いえ」

華蓮ちゃんに謝られ、何故か胸がちくんっと痛む。

私に言わない話を、華蓮ちゃんとだけ共有するんだ。

それってなんか……

(もやもや、する)

大事な仕事の話だからなのかもしれない。

あるいは大叔父への対策を話し合うため私を外しただけなのかもしれないのに、そう感じちゃう自分が嫌だ。

昨日、まさ兄に「今は黙って、あいつを信じてやりな」って言われて、頷いたばかりのくせに。これくらいのことでヤキモチをやいちゃうなんて、どうかしてる。

そもそも、恋人でもない私に嫉妬する資格はない。

「……それでは、失礼しますね」

私は最後に一礼し、執務室を後にした。

（あっ）

けれどすぐ、ゆうちゃんの好きなおまんじゅうを買ってきていることを思い出し、これだけ渡しておこうと踵を返す。

（今ならまだ、大丈夫だよね）

なんとなく気後れして、とりあえず中の様子を窺ってから声をかけようと、マナー違反を承知でそっと扉を開ける。

先にノックしなかったのは、もし二人が話を始めていたら邪魔をせず、そっとその場を離れようと考えたからだ。

しかし、扉を五センチほど開けて中を窺う私の目に飛び込んできたのは、まさかの光景だった。

（うそ……）

華蓮ちゃんの対面に座っていたはずのゆうちゃんが彼女の前に立ち、その小さな顔を覗き込むようにして身を屈めている。

華蓮ちゃんはわずかに顔を上げ、彼はそんな彼女の頬に手を添えて……

（キス、してる）

「……っ」

そう認識した瞬間、私はこの場から逃げ出していた。

華蓮ちゃんはこちらに背を向ける形で座っていたため、二人が唇を合わせるところをはっきり目撃したわけではない。

けれどあの体勢、どこからどう見たってキスをしていたとしか思えない。

（やだ……）

それでも音を立てて二人の邪魔をせずに済み、二人に覗き見していたことを知られなかったのはよかった。

そう冷静に考える自分と、「どうして？　なんで？」と、今にも叫び出しそうなほど狼狽する自分がいる。

（いやだよ、ゆうちゃん……）

人払いをしてまで二人きりになった理由は、仕事の話でもなんでもなくて、ただの逢瀬だったの？

いったいいつから、彼は華蓮ちゃんとそんな関係になっていたのだろう。

（まさか……）

藤吉さんが話していたゆうちゃんの縁談の相手って、華蓮ちゃん……？

それなら、大叔父が結婚の件を知っていた理由も説明がつく。ゆうちゃんがまだ家族に何も言っていないだけで、華蓮ちゃんの方はすでに話してあったのかもしれない。

あの大叔父が、反目中の相手と愛娘の結婚に賛成するなんてにわかには信じがたいとはいえ、私の知らないところで、二人の和解が進んでいたのだとしたら……

大叔父は華蓮ちゃんに激甘だから、娘にどうしてもって懇願されて、折れたのかも。

（なら、ゆうちゃんが私に教えてくれなかった大叔父への対抗策って、華蓮ちゃんとの結婚？）

「はは……」

（相手が華蓮ちゃんじゃ、とうてい敵わないよ……）

私よりずっとずっと美人で、すらっと背が高くてモデル体型で頭も良くて経営者としての手腕にも優れていて、本当……ゆうちゃんの隣に立つに相応しい女性だもの。

（……私も、もうすぐお役御免ということなのかな……）

まさか、あんなに幸せな誕生日の翌日に辛い現実を思い知ることになるなんて、夢にも思わなかった。

天国から地獄って、きっと今みたいな状況のことを言うんだろうな。

（戻っておまんじゅうを届けようなんて、考えなければよかった）

そうすれば、大好きな人が他の女性に口付けをするところを見なくて済んだのに。

（ゆうちゃん……）

できれば何も知らずにいたかった。

あと少しだけ、甘い夢に浸（ひた）っていたかった。

けれど、もう……潮時なのかもしれない。

「……っ」

ショックで、悲しくて、苦しくて。涙が溢れそう。

（だめ……）

ここは会社で、まだ仕事が残っている。

お詫（わ）びの菓子折りを手配して、午後からのスケジュールを組み直して……

ああ、でもその前に、人払いをしておかないと。

「……っ」

（平静でいなくちゃ。泣いている場合じゃない）

私はそう自分に言い聞かせ、ぐっと涙をこらえた。

その後、三十分ほどで華蓮ちゃんは帰っていった。

彼女が何故呼ばれたのか、二人きりでどんな話をしたのか、結局私にはなんの説明もない。

かといってゆうちゃんを問い詰めることもできないまま、千々に乱れた心を隠して、私は午後の仕事を粛々とこなした。

気を抜くと二人のキスシーンを思い出してしまい、それを振り払うように作業に没頭しているうち、あっという間に時間が過ぎていく。

ちなみに例のトラブルは、無事に解決した。

そもそもがシステムの不具合ではなく、相手方の操作ミスが原因だったらしい。飛んでしまったデータも元通り復旧できたそうだ。

先方は、自分達のミスで取引先の常務を謝罪に来させてしまったと、平謝り。

しかしゆうちゃんはこちらの説明も足りなかったとお詫びして、相手を責めなかった。

今後はもっとわかりやすい説明を心がけ、運用後のサポートも充実させていくと約束したらしい。

彼のことだから、きっと具体的な構想はもう固まっているのだろう。

そんなゆうちゃんの誠実かつ真摯な態度が信頼され、あちらは本契約にすっかり乗り気になったようだと、同行した担当者が教えてくれた。

さすがゆうちゃんと誇りに思うと同時に、どうしても彼と華蓮ちゃんのキスシーンが頭から離れなくて、私は複雑な気分だ。

もやもやとした気持ちが晴れないまま終業時刻となり、帰りは普段通り、ゆうちゃんの車に乗った。

華蓮ちゃんのこともあって二人きりになるのが気まずく別々に帰りたかったのだけれど、こういう時に限って二人とも残業も予定もなし。帰るタイミングが同じなのに断る理由もなく、一緒に車に乗り込む。

適当な仕事を見つくろって残業すればよかったと、私は今、少しばかり後悔している。

「…………っ」

いつもなら他愛ない話をしつつ短いドライブを楽しむのに、今日はどんな話をすればいいかもわからない。

一番聞きたいのは、華蓮ちゃんのこと。

でもそれは、私が一番聞きたくないことでもあった。

目の前の信号が赤になり、車が静かに停車する。

するとそのタイミングで、今まで黙っていたゆうちゃんが「お前さ……」と口を開いた。

「今日、藤吉俊充と会ってたんだってな」

「えっ」

どうしてゆうちゃんが知ってるの？　と目を見開くと、彼は不機嫌そうに眉を顰める。

「秘書課の永松に聞いた。昼休み、近くの喫茶店で会ってるところを見たって」

（……あっ……）

しまった。会社の近くにある店だったのに、迂闊だった。

私達の座った席は通りに面した窓際だったので、外から見られていたのだろう。言われてみれば、今日は午後からやけに永松さんやその取り巻き達の視線を感じた。

（変な噂を立てられるかも……）

ううん、きっともうすでにあることないこと言われているに違いない。ゆうちゃんにだって、どんな風に伝えたのだか――

「なんであいつと会ってんだよ」

「それは……」

刺々しい声で問い詰めてくる彼に、私はおつかいの帰りに声をかけられたこと、往来で謝られ、少しだけ時間をと言われて、コーヒー一杯だけ付き合ったことなどを話す。

「はあ？　あんな目に遭っておいて付き合うか？　普通」

「だ、だって、そうしないと収拾がつかなそうで……」

あのままじゃ、道端で土下座でもしそうな勢いだったもの。

「それにお前、あいつから高そうなブランド物のプレゼントもらってたらしいな」

（そんなところまで見られていたの⁉）

「もらってない！　お詫びを兼ねて、誕生日プレゼントにって渡されたけど、ちゃんと断ったよ」

「……ふん、どうだか。かなりいい雰囲気だったって、永松が言ってたぞ」

「なっ……」

いい雰囲気になんて微塵もなった覚えはないし、なるわけがない。
ゆうちゃんは、私より永松さんの言葉を信じるの？
なんだか腹立たしいやら悲しいやらで、泣きたくなってきた。
そもそも、どうしてこんなに責めるような言い方をされなきゃいけないんだろう。

（ゆうちゃんだって、華蓮ちゃんとキス、してたくせに……）

本命は華蓮ちゃんで、きっとそう遠からず、彼女と結婚するんでしょう？
そんなことも知らず、私は彼にまだ相手はいないと思い込んで、身体を重ねてきた。

（ゆうちゃんの馬鹿……）

華蓮ちゃんにも申し訳なくて、合わせる顔がないよ。

「いいか。もう二度とあんな変態野郎に会うんじゃねーぞ」

「……私から会いに行ったわけじゃないもん」

「あ？」

「なんでもないっ。それよりほら、信号、青に変わってるよ」

「ちっ」

その後、私達は気まずい雰囲気のまま、お互いに押し黙る。

そしてその沈黙は、家に帰ってからも続いたのだった。

六

帰りの車中で軽い口論になって以後、ゆうちゃんの機嫌がすこぶる悪い。ほとんど言葉を発さず、常に渋面を浮かべているのだ。

かといって自室に引き籠るわけではなく、リビングのソファにどんと陣取り、家事に勤しむ私をじっと見ている。なんだか監視されているみたいで、とても居心地が悪い。

これまでの私なら、なんとかなだめようと話しかけたり、彼の好物を作ってご機嫌をとろうとしたりしていただろう。

でも今回は、そんな気になれなかった。

どうして私ばかり責められなきゃいけないんだという思いが、私を頑なにする。

おまけに週末の間、度々ゆうちゃんのスマホに華蓮ちゃんから電話がかかってきた。

私に聞かせまいとしているのか、彼がその時だけ自室に引っ込むものだから、余計に苛立(いらだ)つ。

そんな自分が嫌でたまらず、気分はどんどん落ち込んでいく。

なるべく気にしないようにと、いつも以上に家事に励んだものの、心のもやもやはずっと晴れなかった。

そして日曜日の午前中。私はとうとう気まずさに耐えかね、朝食の後片付けを終わらせるなりマンションを飛び出したのだった。

その時もゆうちゃんは自室で華蓮ちゃんと電話していたので、一応メッセージアプリで『友達の家に泊まりにいきます』と伝えておく。

しかし道すがら何度も確認したけれど、既読にはなっているのにずっと返信がない。

「…………っ」

メッセージまで無視する気なんだと、かすかな憤(いきどお)りが胸を焼く。

それとも返信できないくらい、華蓮ちゃんと盛り上がっているのだろうか。

「はあ……」

私がいなくなったのをいいことに、これから彼女を部屋に連れ込むのかなとか、嫌な想像が頭を過(よぎ)る。少し前までは、こんな最悪な気分で週末を過ごすことになるなんて思いもしなかった。

あの時藤吉さんと会わなければ、華蓮ちゃんとのことを知らずにいたら、ゆうちゃんに責められることも、喧嘩になることもなく、普段通りの週末を楽しめていたのだろうか。

明日も休みだからゆっくりできるねって、思う存分お互いを求めて。そのあとは疲れた身を寄せ合い、のんびり惰眠を貪る。

ちょっと前まで当たり前のように享受していた幸せな朝を、迎えられていたのかもしれない。

（……ううん、違う）

たられればを並べたところで、彼が執務室で華蓮ちゃんとキスしていた事実は変わらない。

そして、私から隠れるみたいに彼女と頻繁にやりとりしていることも。

知ってしまった以上、以前と同じではいられない。

まるで恋人同士だと勘違いしそうになるくらいの親密さでゆうちゃんの傍にいられる時間は、もう終わってしまったのだ。

「……っ」

涙が溢れそうになるのを必死に堪え、紗代ちゃんのマンションへ向かう。

居心地の悪さが耐えられなくて、突発的に『今日泊まりにいってもいい？』と連絡した私を、彼女は『オッケー。暇してるからいつでもおいで。宿代は小春の手料理で』と快く受け入れてくれた。

何度か遊びに行ったことがある紗代ちゃんの家は、最寄駅から歩いて十五分ほどの距離にある、女性専用のマンション。

途中、近くのスーパーで食材とお酒を買い込んだ。

突然お邪魔する後ろめたさもあってついあれもこれもと買い込んだため、手持ちのエコバッグじゃ足りなくなり、有料のレジ袋も使う羽目になってしまった。大荷物を抱え、紗代ちゃんの部屋のインターフォンを押す。

するとほどなく、可愛らしい黒猫を抱いた紗代ちゃんが「いらっしゃーい」と出迎えてくれた。彼女の愛猫――ソラくんも「にゃあ～」と一鳴きする。

ソラくんは一年ほど前に紗代ちゃんが拾った猫で、彼女はソラくんと暮らすためにペット可の今のマンションに引っ越したのだった。

「急に押しかけてごめんね。あとこれ、ソラくんにお土産」

食材が詰まったレジ袋から、猫用のおやつを取り出す。

ソラくんは自分の好きなおやつだとわかったらしく、嬉しそうに「にゃおんっ」と鳴いた。

ううう、可愛い。ソラくんの顔が見られただけで、沈んでいた気持ちが癒される。

「ありがとう、小春。ま、とりあえず入りなよ」

「うん。お邪魔します」

紗代ちゃんの部屋はバス・トイレ別の１Ｋ。玄関を入ってすぐのキッチンにある冷蔵庫に、買ってきた食材やお酒をひとまず入れさせてもらう。

そしてそのまま、お昼ごはんの用意をすることにした。なんでも紗代ちゃんは、まだ食事をとっていないらしいのだ。

休日はたいてい昼過ぎまでゴロゴロして、ブランチを食べにいったり買いにいったりするらしい。

紗代ちゃんとソラくんに見守られながら、リクエストされた料理を作っていく。

焼き鳥や枝豆、チーズ入りの芋餅などおつまみっぽいメニューが混ざっているのは、「せっかくの休みだし、昼からお酒飲んじゃおう！」と言われたせいだ。

私としても、燻（くすぶ）り続ける胸のもやもやをどうにか晴らしたかったので、紗代ちゃんの提案は渡りに船だった。

可愛い猫ちゃんをかまいつつ、気の置けない友達と昼酒を楽しむ。……うん、ぎくしゃくしたままのゆうちゃんと一緒にいるより、ずっといい休日の過ごし方だ。

「お待たせしました～」

出来上がった料理とお酒をローテーブルに運ぶ。

紗代ちゃんは一人暮らし歴は長いものの料理が苦手みたいで、「久しぶりの手料理だ～！」と、とても喜んでくれた。

「にゃ～お」

そしてソラくんも、さっきあげたおやつが効いたのか、飼い主の紗代ちゃんではなく私の隣にやってきて、寄り添うように寝そべる。

ゆ～らゆ～らと、機嫌良さそうに動く長い尻尾が本当に可愛い。

そんなソラくんの姿に、心がほっこりと温かくなった。

「いただきます！」

紗代ちゃんはぱんっと手を合わせ、エビとレタスのチャーハンを口いっぱいに頬張る。

ついで缶ビールの蓋を開け、「カンパーイ」と言ってコッコッと喉を鳴らして飲んだ。

「……っ、か～！　できたて美味しいチャーハンに冷えたビール。最高っ！」

「うんうん。昼からお酒を飲むのって、なんだか贅沢な気分だよね」

私もチャーハンや他のおつまみを食べ、ビールを味わう。チャーハンも、エビはぷりぷりレタスはシャキシャキご飯はパラパラで、我ながら美味しく作れたと思う。

そうしてしばらくは、他愛ないおしゃべりをしながら料理とお酒を堪能していたのだけれど――

「……で？　いったい何があったわけ？」

二本目のビールのプルタブに指をかけた紗代ちゃんが、唐突に話を切り出した。

「え……？」

「遠慮しいな小春が急に泊まりたいだなんて、よっぽどのことがあったんでしょ？　大神常務と喧嘩でもした？」

「うっ」

ずばり言い当てられ、口籠る。

そんな私に、紗代ちゃんは「まあいいから飲め飲め、そして吐け～」と笑いながら缶チューハイを勧めた。

受け取った缶の蓋をプシュッと開けたとたん、ふわりと桃の香りが広がる。

甘いチューハイを喉に流し込むと、すでにほろ酔い気味だった身体がかああっと熱くなった。

「……っ、はぁ……。あ、あのね……」

私はお酒の勢いを借りて、それまで誰にも言えず胸に秘めていた気持ちを吐き出す。

思えば、私は最初から紗代ちゃんに話を聞いてほしくてここへ来たのかもしれない。

もう自分一人では抱えきれなくなっていたし、相談できる相手はゆうちゃんへの想いを知っている彼女だけなのだ。

二ヶ月ほど前にあった藤吉さんとのお見合いや、私達が一線を越えてしまったことなど、昨日までの出来事をほぼ洗いざらい吐くと、紗代ちゃんは「マジか……」と目を丸くしていた。

「まさか、大神常務とあんたがすでにそういう関係になってたとはね」

「私も……、未だに信じられないよ」

そう苦笑し、私はチューハイをもう一口飲んだ。

「で、何度もエッチしたけどあんたは恋人じゃなくて？　大神常務には別に本命がいると」

「……うん。華蓮ちゃんはね、大叔父――大神専務の娘で、私なんかとは違ってちゃんと大神家の血を引いているし、背もすらっと高くて美人で優しくて頭も良くて、経営者としても優秀で。本当、ゆうちゃんとお似合いなんだよ。私なんかじゃ、絶対に敵わない……」

うう、言っているうちに自分がどんどん惨めになってきた。

瞼がじんわり熱くなってきたかと思うと、ぽろりぽろりと涙が零れる。酔いが回って、涙腺が緩くなっているみたいだ。

「小春……。『私なんか』って、自分を卑下しすぎ。あんただって可愛い顔してるし、小柄なところも、それでいておっぱい大きいところも魅力的だと思うよ。ねえ？　ソラ」

紗代ちゃんが食べていた焼き鳥の串をびしっと愛猫に向けると、ソラくんが同意するみたいに「にゃ～」と鳴く。そして慰めるように、私の太ももにすりすりと擦り寄ってくる。

（ソ、ソラくん……！）

「おまけに料理を始め家事全般得意とか、私が大神常務だったら絶対にあんたを嫁にするね」

「紗代ちゃん……」

「小春はさ、なんかややこしく考えているみたいだけど、常務は小春のこと絶対好きだって。本命はその華蓮さん？　じゃなくて、あんたなんじゃないの？」

「そっ、それはないよ！」

「なんで？　話を聞く限り、小春と二人きりでいる時の常務、ベタ甘じゃない。あんたが例の見合い相手と会ってたって聞いて機嫌悪くなったのだって、ただのヤキモチ、嫉妬なんじゃないの？」

「で、でも……、だって、…………ない……」

「え？　なんだって？」

ぼそぼそと小声で反論したら、枝豆を食べ始めた紗代ちゃんに問い返された。

「だって私、一度も言われてない……。す、好きだとか、愛してるとか、そういう言葉を一度もかけてもらったことがないの」

ゆうちゃんとは何度も身体を重ねてきたけれど、彼の気持ちを示す言葉をもらったことはない。

そして私も、拒絶されるかもしれないと思うと、怖くて自分の気持ちを告げられずにいた。

「自分から聞けばいいじゃ……って、まあ、それができたら苦労しないよね」

「ん……」

私はこくこくと頷く。

自分の想いを伝えるのも、彼の気持ちを確かめるのも、私にはどちらも同じくらいハードルが高い。

「それに昔、ゆうちゃんが言っていたのを聞いたことがあるの。私のこと、女として見てないし見れないって。私と結婚なんてするわけないって」

「あら……って、ん？　昔？　それってどれくらい前の話なの？」

「……私が中学一年生のころ……」

「はあっ!?　十年以上も前の話!?　だいぶ昔じゃない！　そんなの当てになんないわよ」

「えっ、で、でも……」

なおも反論しようとする私を、紗代ちゃんが一喝する。

「そもそも、女として見れない相手を何度も抱くか、お馬鹿！」

「う……っ」

そ、それはそうかもしれないけど、でも……

「もう、自分一人で相手の気持ちを決めつけて、うだうだ考えるからこじれるのよ。小春は自分が傷つかないようにって、悪い方に予防線を張りすぎ」

「け、けど、華蓮ちゃんとキスしてたし、頻繁に連絡を取り合って……」

「それは本人にちゃんと確かめなさい。私達がここであれこれ推測したって、神様じゃないんだからわかるわけないわよ。何か事情があるのかもしれないし、あんたの思った通り、常務と華蓮さんが付き合っているって可能性もある。けどさ、自分の想像だけでぐだぐだと悩んでいるよりは、玉砕(ぎょくさい)覚悟でぶつかっていった方がスッキリするんじゃない？」

「スッキリ……」

「そ。小春は自分の気持ちを言っちゃいけないとか、知られないようにしなくちゃとか、無理に想いを押し殺そうとしてるけど、それってかえって辛(つら)いと思う。自分でも、もう限界が近いってわかってるわけでしょう？」

だから耐えきれなくなってうちに来たんでしょうと、紗代ちゃんは諭(さと)すような口調で言う。

「……うん」

彼女の言う通りだ。

次から次へと溢れてくるゆうちゃんへの想いを秘め続けるのは辛くて、切なかった。期待しないようにと傷つかないようにといくつもの防壁を張った心の奥には、いつも彼の愛を求める自分がいて、もがき苦しんでいたのだ。

「小春はさ、いつか常務が結婚する時に備えて、離れる覚悟を……なんて言ってたけど、そんな覚悟を決める前に告白する勇気を持ちなさいよって、ずっと思ってた。もう潮時だって言うなら、最後に自分の気持ちをぶちまけて、ついでに常務がどういうつもりであんたを傍に置いていたのか、聞いちゃいなよ。まあ、私の予想では、常務の本命はやっぱり小春だと思うんだけど」

「紗代ちゃん……」

「それでもし万が一にもフラれたら、私とソラが全力で慰めるからさ！　安心して、ぶつかっておいで」

「にゃ～」

自分の名前が出たからか、ソラくんも呼応するように愛らしい鳴き声を上げる。

「……っ」

紗代ちゃんの心強い言葉が嬉しくて、頑なだった心がふっと軽くなった。

「……ありがとう、紗代ちゃん」

自分の中にわだかまっていた気持ちを吐き出せてよかった。

彼女の言う通り、ゆうちゃんが私をどう思っているかなんて、本人にしかわからない。

それを確かめようともしないで、何をうじうじと悩んでいたんだろう。

今はっきりとわかっているのは、自分の気持ち。

私は、ゆうちゃんのことが好き。大好きだ。

このまま彼と喧嘩(けんか)していたくない。ちゃんと、仲直りしたい。

(本当はまだちょっと怖い……けど。勇気を出して、自分の気持ちを伝えよう)

「私、ゆうちゃんに告白してみる」

「おお、よく言った！　よーし、景気づけだ。今日はとことん飲むぞ～！」

「ふふっ。お手柔らかにね」

私達はお酒の缶をコツンと合わせて、本日二度目の乾杯をする。

そして、残っていたチューハイをくいーっと飲み干す。

「はぁ……っ」

気持ちに一区切りつけて飲んだお酒は、なんだかとても心に沁(し)みる味だった。

日曜日は紗代ちゃんと思う存分お酒を飲んで、いっぱい話して、たくさん笑って。

おかげで気持ちはスッキリしたものの、飲みすぎたせいで翌日、二人して二日酔いに苦しむことになった。

今度からは飲みすぎないように気をつけよう、でもたまにはこんな無茶するのもいいよね、なんて話しつつ、紗代ちゃんと共に満員電車に揺られ、会社に向かう。

ゆうちゃんと別々に出社するのはかなり久しぶりだ。帰りがバラバラになることはよくあるけれど、就職以来、行きはほぼ一緒だった。

彼からは昨夜、ようやくメッセージの返信が届いた。友達の家に泊まるという私の言葉に対し、『わかった』と一言だけ。

そのそっけない言葉の裏にどんな気持ちが込められているのか、ゆうちゃんの感情を読み解こうとしたけれど、あれこれ推測したってわかるわけないという紗代ちゃんの言葉を思い出し、考えるのをやめた。

（今日、仕事が終わったら……）

覚悟が鈍(にぶ)らないうちに、彼と話そうと思う。

自分の気持ちを伝えて、ゆうちゃんが私をどう見ているのか、聞いてみる。

もし拒絶されたらと考えただけで心が竦むけれど、勇気を出さなくちゃ。

大丈夫。それでフラれても、紗代ちゃんとソラくんが慰めてくれる。

そう思えば、一歩踏み出せる気がした。

「それじゃあね、小春」

「うん。本当にありがとう、紗代ちゃん」

紗代ちゃんと別れ、秘書課のオフィスへ行く前に、ゆうちゃんの執務室を訪ねる。

もう彼は来ていて、新聞を読みながら仕事前のひと時を過ごしていた。

（あ……）

私の視線が、ゆうちゃんの胸元に吸い寄せられる。爽やかな青のシャツに合わせた紺色のネクタイが、きっちりと綺麗に結ばれていた。

普段は面倒くさがって私にやらせるだけで、自分で結べないわけじゃないんだよね。

それとも、もしかして、華蓮ちゃんにやってもらった……とか？

（……っ、だめだめ。すぐ穿った見方をしちゃうのは、私の悪い癖だ）

仲睦まじくゆうちゃんのネクタイを結ぶ華蓮ちゃんの姿が一瞬頭を過るものの、今はそんなことを考えている場合じゃないと気持ちを切り替える。

そういう話をするのは、仕事のあと！

今も二人きりで話をするチャンスではあるけれど始業まで間もないし、朝一番にそんな話をしたらのちの仕事に影響が出るに違いないので、終業後にしよう。

「おはよう、ございます」

まずは部下として、上司に朝の挨拶を。

「……はよ」

無視されたらどうしようと思ったが、そっけないながらもちゃんと応えがあって、私はホッと胸を撫で下ろした。

「えっと、コ、コーヒー、飲みますか？」

（うう、我ながらぎこちない……）

「飲む」

「じゃあ、用意しますね」

「ああ」

私は執務室に付随する給湯スペースでコーヒーを淹れる。

朝一番のコーヒーを用意するのはいつものことなのに、今日はやけに緊張して、手が震えてしまった。

「……はい、どうぞ」

「ん」

デスクに置いたコーヒーを、ゆうちゃんが一瞥する。すぐに口をつけないのは、新聞記事に集中しているからなのだろう。

（機嫌は……良くもないし悪くもないって感じ……かな？）

少なくとも、昨日最後に見た時よりは良さそうに見える。

そう彼の顔色を窺う私に、ゆうちゃんが「なんだよ」と尋ねた。

「あ……っと、その、なんでもない、です」

「あっそ」

（うっ。やっぱりまだちょっと機嫌悪い？）

でも、こうして話してくれるだけまだマシだと前向きに考える。

それから彼が新聞を読み終えるのを待って、一日のスケジュールを確認した。

今日は社内での会議がいくつか入っているものの、夜に接待や会食の予定はない。残業にさえならなければ、ゆうちゃんと一緒に帰れるだろう。

（帰りの車内で話す？　いや、そもそも一緒に帰ってくれるかな……）

あ、なんか急に不安になってきた。

（よしんば一緒に帰れたとして、やっぱり車の中だと落ち着かないし、家に帰ってからの方がいいかも。そうなると、夕飯の前よりはあと……だよね。お腹空いているだろうし、あまり待たせたくない。かといって、食事をしながらしたい話でもないし……）

よし、告白は今日の夕食後だと心に決めて、彼の執務室を後にする。

ただ、そう決意したはいいけれど、長年の片思いにとうとう終止符が打たれるのだと考えただけで気もそぞろになって、その日はなかなか仕事に集中できなかった。

考えないようにしようと思っても、ついゆうちゃんにフラれたあとの身の振り方とか、彼と華蓮ちゃんのことを心から祝福できるようになるまでどれくらいかかるだろう？　とか、余計なことを思い浮かべてしまうのだ。

それでもなんとか自分を叱咤して作業に打ち込んでいるうちに、時間が過ぎていく。

「はあ～」

なんとか午前の仕事を終えるころには、今朝飲んできたシジミのお味噌汁と薬のおかげか、二日酔いもだいぶマシになってきていた。

お昼休みは、紗代ちゃんと一緒に社員食堂でランチを食べる。

そこで彼女に「今夜告白してみようと思う」と伝えたところ、「おお～！　頑張れ、小春！」と激励の言葉をもらった。

「ありがとう、紗代ちゃん」

本当に、心強い。

不安に駆られて、やっぱり告白するのやめようかなと思う瞬間もあるのだけれど、紗代ちゃんからの言葉を支えに勇気を奮い立たせる。

そして私は昼食を終え、社員食堂の前で彼女と別れた。

「大神さん、ちょっといいかしら」

ところが、秘書課のオフィスに戻る途中、エレベーターに乗る前に、背後から声をかけられる。

振り向くと、そこには秘書課の先輩――永松さんが立っていた。

今日もきっちりお化粧を施した華やかな顔が、鼠を前にした猫のようにニヤッと歪む。

それは一瞬のことだったが、私が警戒心を抱くには十分な時間だった。

「あなたを探してたのよ。専務がお呼びなの。今すぐ執務室に来てちょうだい」

「専務が……？」

大叔父とは藤吉さんの一件以来、一度も接触していなかったのに。

そろそろ実家からのクレームの効果が薄れ、また私に嫌味を言おうとでもしているのだろうか。

でも、どうして専務付きの秘書でもない永松さんが私を？　たまたま行き合って、大叔父に用を言いつけられたのかもしれないが……

「ほら、早く」

「……わかりました」

私に敵意を持つ永松さんと大叔父の組み合わせに嫌な予感を覚えたものの、一社員として上役の呼び出しを断るわけにはいかない。

念のため、専務から呼び出しを受けたことを宮崎課長とゆうちゃんに知らせようとスマホを手に取った。だが、永松さんから「専務をお待たせしているのにスマホをいじるなんて、何考えてるの！」と叱責されスマホを取り上げられてしまう。

「宮崎課長と大神常務に戻りが遅くなると伝えようとしただけです。返してください」

「お二人には私から連絡しておくわ。これは専務のお話が終わるまで、私が預かっておきます」

永松さんは私のスマホを自分のスーツのポケットに仕舞う。そしてさっさとエレベーターに乗り込み、専務の執務室があるフロアのボタンを押した。

「ほら、早くしなさい」

「……っ。話が終わったら、ちゃんと返してくださいね」

「もちろんよ」

ニヤッと笑う永松さんに一抹の不安を感じつつ、二人で大叔父のもとへ向かう。

「専務、大神さんをお連れしました」

永松さんが扉をノックして声をかけると、すぐに中から「おお、入りなさい」と大叔父の応えがあった。

失礼します、と一言断って室内に足を踏み入れる。

大叔父は執務用のデスクではなく、応接スペースのソファに腰かけていた。

さらにそこには、もう一人――

（藤吉さん……!?）

先日顔を合わせたばかりの彼が、大叔父と和(なご)やかに談笑している。

藤吉さんは私に会釈(えしゃく)すると、にっこりと微笑(ほほえ)んだ。

「こんにちは、小春さん」

「こ……こんにちは」

「小春もこちらに来て座りなさい」

大叔父に促(うなが)され、私は渋々藤吉さんの向かいの席に腰かける。

「藤吉くんは契約更新の話をしに来てくれたんだ。ついでにお前にも挨拶(あいさつ)していきたいと言うので、永松くんに頼んで呼んだんだよ」

「そう……だったんですか」

「突然呼び出してすみません、小春さん。どうしてもあなたにお会いしたかったので」

「はっはっはっ！　藤吉くんほどの男にここまで言わせるなんて、お前もなかなかやるじゃないか、小春。ああ、永松くん。悪いが小春の分のコーヒーをお願いできるかね」

「かしこまりました」

大叔父の指示を受け、永松さんが給湯スペースへ向かう。一方、私はお見合いを破談にしたことを忘れているかのように振る舞う大叔父と藤吉さんに対する猜疑心でいっぱいだった。

（私、藤吉さんとは結婚できないって伝えたよね……？）

あの時納得してくれた風ではなかったとはいえ、仕事で訪問した場に私を呼び出すなんて……

大叔父も大叔父だ。うちの祖父と両親に責められて縁談を諦めたかと思っていたのに、こんな、私達の仲を取り持つような真似をして。いったい何を考えているんだろう。

（とりあえず、藤吉さんと結婚するつもりはないと、改めてきっぱり断る！）

それでも納得してくれないなら、申し訳ないけれど、実家を頼ろう。私の言葉は無視できても、祖父や父の言葉なら、大叔父だって受け入れざるを得ないはずだ。

そう思案を巡らせている間に永松さんが戻ってきて、私の前に「どうぞ」とコーヒーを置く。

飲まずに自分の気持ちだけ告げて退散しようと思ったが、大叔父に「まあ、とりあえず飲みなさい」と促され、勧められた以上せめて一口くらいは飲んでおくべきかと、カップを手に取った。

「いただきます」

熱いコーヒーにふうっと息を吹きかけ、口に含む。

（…………？）

その時、大叔父がニヤッと笑ったように見えたのは、気のせいだろうか。

「あの――」

カップを置き、自分に交際や結婚の意思はないことを伝えるべく口を開く。

けれど私の言葉を遮（さえぎ）って、大叔父が「まあ、聞きなさい」と語り始めた。

「さっき、藤吉くんと話していたんだがな」

内容は、フジヨシ・コーポレーションとの契約更新に関するやりとり。

それだけでなく、フジヨシでは在庫管理システムの開発をうちに頼むという案が上がっているのだという。

「現在使用しているシステムが、どうにも使い勝手が悪いみたいでしてね」

「そう、なんですか」

縁談の話なら即座に断って退席できたものを、仕事の話――ましてや、ゆうちゃんの管轄である情報管理システムの新規契約の件ともなれば、聞かないわけにはいかない。

実際、フジヨシ・コーポレーションほどの規模の会社の在庫管理システムを開発、販売するとなったら、大きな利益が見込める。

しかしそれならそれで、開発担当者や大神常務を呼んでから具体的な話をした方がいい。

そう提案したのだけれど、まだそういう意見が出ているだけだから、ひとまず私が現段階での要望などを聞いて、ゆうちゃんや担当者に話を通しておくように、と大叔父に言われた。

「………っ」

仕事にかこつけて藤吉さんとの時間を持たせようとする大叔父の意図が透けて見えて不快だが、上役にそう指示されたら従う他ない。

私は仕方なく、メモをとりながら藤吉さんの話を聞くことにした。

ただ、もっと要点をまとめてくれればいいのに、現行のシステムがいかに使いにくいかという愚痴や、取引に関係のない雑談も多くて、無駄に話が長引く。

(まあ、だからって取引先の御曹司相手に「用件だけ簡潔に話してください」なんて言えるわけはないんだけど……)

長話に付き合うのも仕事の一環だと自分に言い聞かせた。

そうして、二十分ほど経ったろうか。

とうに昼休みは終わっている。先ほど永松さんが一時退席していたので、宮崎課長とゆうちゃんに私がここにいることを伝えてくれているはず、と思いたい。

すぐにとりかからなければならない急ぎの作業はないけれど、やはり所在がはっきりしていないのは問題だもの。

「……というわけで、以上の点を加味したシステムを開発していただけたらと思っています」

「はい。ご要望、確かに承りました。私一人ではお答えできかねますので、担当者と協議の上、改めてご連絡させていただきますね」

ようやく話が一段落して、ホッと息を吐く。

秘書課に戻ったらこのメモを元に文書を起こして、開発担当者とゆうちゃんに話を通そう。

そう思いつつ退席のタイミングを図っていた私は、ふいに、強い目眩を覚えた。

(……あ、あれ……?)

遅れて、抗いがたい眠気が襲ってくる。

何で急にこんな……と戸惑っていると、大叔父が「やっと効いてきたようだな」と言った。

「え……?」

(どういう、こと……)

「まったく。最初から素直に従っていればいいものを、余計な手間をかけさせおって」

それまでにこやかな笑顔で藤吉さんとの商談にまざっていた大叔父が雰囲気を一変させ、忌々しげに吐き捨てる。

「まああ、よろしいじゃありませんの。今後はおとなしくなるんですから」

（永松さん……？）

大叔父の後ろに控えていた彼女が、上司をなだめつつクスクスと笑った。

「フンッ。いいか、小春。どこの馬の骨ともわからぬ捨て子風情を、これまで本家の娘として育ててやったんだ。せめて少しは一族の役に立ってもらうぞ」

「な……にを……」

「あははっ。どうやら話すのもままならないみたいね。一口しか飲んでないのに、薬が効きすぎているのかしら」

（く、薬……？）

思い当たるのは、永松さんが淹れたコーヒー。

まさか、あれに一服盛っていたの？

（どうして、そんなこと……）

「ごめんなさい、小春さん。俺、どうしてもあなたを諦めきれなくて。大神専務に相談したら、永松さんと一緒に協力を申し出てくれたんです」

（協力って……）

「お前は当初の予定通り、藤吉くんの妻になるんだ。もう反抗は許さん」

「素敵な男性に見初められて、幸せねぇ、大神さん。本当、羨ましいわぁ」

そう言って、永松さんは大叔父に「ちゃんとお約束は守ってくださいませね」としなだれかかる。

「ああ、もちろんだとも。勇斗の縁談相手として、君を推薦しておこう」

（なっ……）

まさか、大叔父が藤吉さんに話していたというゆうちゃんの結婚相手って、華蓮ちゃんじゃなくて永松さんのことだったの⁉

「ふふっ、ありがとうございます」

大叔父は、自分の娘とゆうちゃんの仲を知らないのだろうか。

「そ……っなの……、ゆ……ちゃ……が頷（うなず）くわけ……っ、ない……っ」

藤吉さんとの見合いの一件で、ただでさえ良くなかった大叔父に対するゆうちゃんの心証はさらに下がっている。そんな人物からすすめられた相手を、彼が素直に受け入れるはずがない。

まして永松さんは、専属秘書の座を私に奪われたと勝手に逆恨みして嫌がらせを繰り返してきた人だ。才色兼備で人柄も良い華蓮ちゃんなら諦めもつくけれど、こんな人がゆうちゃんの妻になるなんて、絶対に認めない。

「なあに、手段を選ばなければいくらでも方法はある。お前に盛ったのと同じ薬を使って、永松くんとの既成事実をでっち上げたっていい。もしくは……」

大叔父は下卑た笑みを浮かべて、私を一瞥した。

「可愛い妹の恥ずかしい写真をネットにばら撒かれたくなかったら、私の命令におとなしく従え……と脅すのもいいな」

「なっ……！」

「あははっ。なんのために薬を使ったと思ってるのよ。あんたはこれから、未来の旦那様にめちゃくちゃに抱かれちゃうわけ。抵抗しなかったんだから合意よね？　もちろん、藤吉さんと結婚しないっていうなら、写真をネットにばらまくわ」

（そんなっ……）

私と藤吉さんを結婚させるために、そしてあわよくばゆうちゃんを従わせるために、こんな犯罪行為にまで手を染めるとは……

この人達の性根は、どこまで腐っているんだろう。

（前に永松さんが言っていた、「いい気になっていられるのも今のうち」って、こういうことだったんだ）

おそらくあのころからすでに、三人は手を組んでいたのだ。

そして虎視眈々と計画実行の機会を窺っていた。

（逃げなくちゃ……）

大叔父達の好き勝手にされるなんて、冗談じゃない。

「……くっ」

けれど、盛られた薬のせいか身体に力が入らない。せめて眠るまいと、なんとか意識を保つので精いっぱいだ。

（いや……）

絶対に眠りたくない。今寝てしまったら、目覚めた先には地獄が待っている。

「言っておくけど、助けなんて来ないわよ。さっき、あんたは急に具合が悪くなって早退したって、宮崎課長に連絡しておいたから」

永松さんは用意周到なことに、私のデスクから鞄とコートを回収してきたとも言う。

私が専務の執務室にいると知っているのは、ここにいる人達だけ。助けは望めない。

（そんな……）

絶望がじわりと心を染め、目に涙が滲んでくる。

いやだ、負けたくない。諦めたくない。

そう強く願う心とは裏腹に、この場から逃げ出す力など今の私にはなかった。

「では、我々はしばらく席を外そう。首尾良く頼むよ、藤吉くん」

「ふふっ、ごゆっくり～」

大叔父と永松さんが、ニヤニヤと笑いながら部屋を出ていく。

「……っ」

「やっと二人きりですね、小春さん」

藤吉さんが向かいの席から立ち上がり、ゆっくりとこちらへ近づいてきた。

「……い……や……っ」

「記念すべき初めての時に、あなたの意識がないのは残念ですが……。仕方ありませんよね」

こんな状況下で、罪悪感や後ろめたさを見せるでもなくにこやかに微笑(ほほえ)んでいる彼は、やっぱりどこかおかしい。

（やだ……っ）

彼の異常さが怖くて、これから自分の身に振りかかることがおぞましくてならず、私はポロポロと泣き出した。

（助けて……）

眠気がさらに強くなって、意識を手放しそうになる。

そんな私の身体を、藤吉さんがソファに押し倒した。

（いやっ……！　私に触らないで！）

「ああ、ようやくあなたを俺のものにできる」

「や……めて……っ」

言ってわかってくれる人じゃないことは理解している。

それでも、動かせない身体に代わってせめて言葉でくらい、拒絶の意を示したかった。

「大丈夫、優しくしますから」

鼻息を荒くした藤吉さんの手が、シャツのボタンに伸びてくる。

（やっ……！　いや！　助けて！）

助けて！　ゆうちゃん!!

来るはずのない人に救いを求めた、その時——

バンッッ!!　と大きな音が響いて、執務室の扉が開いた。

「なっ……」

藤吉さんがぎょっとして振り返る。

ソファに押し倒されていた私からは見えなかったけれど、続いて響いた藤吉さんの声で、闖入者(ちんにゅうしゃ)の正体を知った。

「大神常務っ、何故ここが……っ」

（ゆ、ゆうちゃん……!?）

彼は藤吉さんの問いには応(こた)えず、荒い足取りでこちらに近づいてくる。

そしてソファの上で藤吉さんに馬乗りにされている私を視界に収めるなり、憤怒(ふんぬ)の色を顔に漲(みなぎ)らせた。

「こっの、クソ野郎が……っ！」

ゆうちゃんは藤吉さんの胸倉を掴み上げて私から引き離すと、その頬に容赦なく右の拳を打ち込んだ。

「っ……！」

ガッと鈍い音が響き、藤吉さんが短い呻き声を上げる。

「小春！　無事か！」

「ゆ……ちゃ……」

ああ、こんな風に助けられるのはこれで二度目だね。

（ごめんなさい。私、また――）

ゆうちゃんに、迷惑をかけてしまう。

「小春……？　おい！　小春!!」

「ご、め……なさ……」

助けられた安堵と、彼に対する申し訳なさを覚えながら、私は意識を手放した。

七

「……っ、う……」

二日酔いの時よりも酷い頭の痛みと共に、私は目を覚ました。

（……ここは……）

視界に広がるのは、見覚えのない真っ白い天井。

やけに重く感じる頭を起こして辺りを窺うと、私はホテルの客室のような部屋のベッドに寝かされていた。

腕に点滴がされているところを見るに、おそらくどこかの病院の個室だ。

（ゆ……ちゃ……？）

そしてベッドの傍には、椅子に腰かけ、私の手をぎゅっと握り締めたまま項垂れているゆうちゃんの姿があった。

どうやら眠っているらしい。

そんな体勢で寝にくくないのかなと思いつつ、私はしばし彼を眺める。

そういえば、私はどうして病院にいるのだろう。

確か、永松さんに呼ばれて大叔父のところに行って、そこで藤吉さんと会って……

「……っ！」

思い、出した。

私は永松さんに薬を盛られ、藤吉さんに強姦されかけたのだ。

彼らは私の身体の自由を奪い、恥ずかしい写真を撮って、藤吉さんと無理やり結婚させようとしていた。

あまつさえ、それをネタにゆうちゃんまで脅そうと……

身体に力が入らなくて、逃げられなくて。藤吉さんに押し倒され、もうだめかと諦めかけたその時、ゆうちゃんが助けてくれたのだ。

そして私は、意識を失って……

「………っ」

あれから、どれくらいの時間が経ったのだろう。

病室の窓へ視線を向けたけれど、厚いカーテンに覆われていて、空の色がわからない。

時計はないのかなと思って辺りをきょろきょろ探していたら、「う……っ」と呻き声が聞こえて、ゆうちゃんが顔を上げた。

「……小春……⁉」

彼は私が目を開けていることに気づき、慌てた様子で立ち上がる。

その拍子に、彼が座っていた椅子がガタッと転がった。けれど、ゆうちゃんは気にも留めず私の顔を覗き込む。

そしてすぐさま、枕元にあったナースコールのスイッチを押した。

ほどなく看護師さんとお医者さんがやってきて、簡単な問診を受けた。

お医者さんの説明によると、私は睡眠薬の影響で今の今まで眠っていたらしい。確認したところ、なんともう夜の七時過ぎだった。六時間は寝ていたことになる。

しかし一口でこんなに効くなんて、永松さんはどれほどの量を混入していたのだろう。もし一杯分飲み干していたら危なかったのでは……と恐ろしくなる。

それから、頭痛がするのは睡眠薬の副作用で、しばらくすれば治まるだろうとのこと。点滴はなるべく早く薬効を抜くための処置で、代謝を促進し体外に排出させるらしい。

時間も時間なので、今夜はこのまま病院に宿泊して、私は明日退院することになった。

「それでは、お大事に」

お医者さんと看護師さんが去った病室で、再びゆうちゃんと二人きりになる。

問診を受ける間、邪魔にならないよう部屋の隅に立っていた彼は、再び椅子に腰かけ、私が意識を失う前後のことを話してくれた。

あの時、永松さんの伝言を受けた宮崎課長から私が早退したと聞かされたゆうちゃんは、一人でちゃんと帰れているのかと心配になってスマホのＧＰＳを確認したのだという。

けれど、しばらく待っても位置情報は会社から動かない。

これはおかしいと感じて警備室に行き、社内の監視カメラを確認。そこで私が専務の執務室に入ったことを知って慌てて駆けつけ、押し倒されているところに出くわしたと。

「ったく……。まるで今際の際みたいに謝りながら意識を失うんじゃねーよ」

そう私を責める声は、普段に比べてずいぶんと弱々しい。

「本当に小春が死ぬんじゃないかって、俺の心臓の方が止まるかと思った」

（ゆうちゃん……）

それだけ心配をかけてしまったのだと思うと、申し訳なさに胸が締め付けられる。

「ごめんなさい……」

「……まあ、とりあえず間に合ってよかった。一瞬死んだかと思ったけど息はしてたし、藤吉が睡眠薬盛ったって白状したから、急いで救急車を呼んだ。ついでにもう一発あのクソ野郎をブン殴っといた」

「ゆ、ゆうちゃん……」

本当は警察にも通報したかったらしいのだけれど、刑事事件にしてはうちの会社だけでなく相手方の企業にも悪影響が出る。何より、強姦（ごうかん）被害に遭（あ）いかけたことを広く知られかねないため、被害を訴えるかは私の意思を確認してからの方がいいのではないかと、宮崎課長に止められたのだそうだ。

その代わり、睡眠薬入りのコーヒーの残りは証拠として確保してあるし、眠っている間に採取された血液も検査に回している。訴えようと思えばいつでも訴えられるという。

「お前はどうしたい？」

「私は……」

あの人達を許せない。告発して罰を受けさせたい！　という気持ちは、もちろんある。

けれど、警察沙汰にするのは躊躇うというのも正直なところだ。

「……もう二度と私に関わらないでいてくれたら、それが一番いい」

なるべく穏便に済ませたいのだと、ゆうちゃんに訴える。

それはあの人達を気遣ってのことじゃなくて、今回の件を公にして騒がれたくない、会社や家族に迷惑をかけたくない、という理由からだ。

また、宮崎課長が配慮してくれたように、未遂とはいえ性的暴行の被害者として見られることへの恐れからでもあった。

「……わかった」

てっきり「お前は甘い」と反対されるかと思ったのに、ゆうちゃんはあっさりと頷く。

それから、私が病院に搬送されたあとのことを教えてくれた。

監視カメラの映像と藤吉さんの証言から、今回の一件に深く関わっていたと判明した大叔父と永松さんは現在、ゆうちゃんの意向を受けた社員の監視下にいるという。

二人は、私次第で犯罪者として告発されるかもしれないと聞かされ、震えているらしい。

「あのクソジジイ、藤吉から協力の見返りに大金を受け取っていやがった」

しかもそれだけでなく、大叔父は前々から取引先の担当者へ賄賂を渡したり過剰な接待をしたりして、契約件数や納入価格を操作していたらしい。

藤吉さんとのお見合いを私に強制したのもその一環で、ゆうちゃんはこれを機に大叔父を追放しようと、不正の証拠集めをしていたのだそうだ。

その最中に、今回の事件。

私がドラッグレイプに遭いかけたと知らされたうちの家族——特に祖父と父が激怒しているようで、大叔父はもちろん、永松さんも懲戒解雇。さらに大叔父はグループ企業全ての会社から追い出されることが決まったのだとか。

具体的には、大神家が関わる全てのビジネスから締め出され、田舎で親族の監視のもと、半ば幽閉と変わらない隠居暮らしをすることになったらしい。権力欲の強い大叔父にはこたえる罰だ。

そして藤吉さんの身柄は、連絡を受けて駆けつけたあちらのご両親が引き取ったという。

ご両親は息子に代わって謝り通しで、ゆうちゃんが藤吉さんを殴ったことも当然だと受け止め、どんな償いでもする、訴えてくれてもかまわないと話していたのだそうだ。

（……よかった）

相手方が「うちの息子は悪くない！」なんて激昂するタイプの親御さんじゃなくてよかったと、しみじみ思う。さらにフジヨシの社長は自社と大叔父との癒着も知らなかったらしく、これを機に社内の規律を改めると言っていたらしい。

ひとまず件の三人に対しては、弁護士を通して私への接近禁止を命じ、もし破ったら今回の件を刑事と民事の両方で訴える、と伝えることにした。

大叔父は親戚が、藤吉さんはご両親が、今後厳しく監視してくれるというし、永松さんだって犯罪者のレッテルを貼られる危険を冒してまで私に関わろうとするほど馬鹿じゃない……と思いたい。

（もう大丈夫……だよね……？）

それでも、万が一復讐に来られたらどうしよう、と不安になったのが顔に出ていたのだろう。ゆうちゃんが、「永松にもしばらく監視の目をつける。それでも心配なら、小春のボディーガードを雇うか」と言ってくれた。

「ありがとう、ゆうちゃん」

ボディーガードは大げさだけど、永松さんの動向は把握しておきたい。

そう伝えると、彼は「わかった」と頷いた。そしてスーツのポケットからスマホを取り出し、大叔父と永松さんをいったん帰らせるよう指示を出す。

そこで「小春は警察に訴えないと言っているが、この件はまだ当人達には話さず、もう少し脅しておけ」と言うあたり、ゆうちゃんの怒りも深いようだ。

けれど彼らのしたことを考えれば、これくらいの仕返しは許されるだろう。

だって一歩間違えれば、私は――

「…………っ」

今まで、色々な人から悪意や敵意を向けられることは多々あったけれど、さすがに今回ほどの危険を感じたことはなかった。

込み上げてきた恐怖をこらえるように、ぎゅっと拳を握る。そのとたん、点滴をしている方の腕にも力を入れてしまい、針の刺さった部分がズクンと痛んだ。

「……ああ、そうだ。お前が寝ている間、親父達もここへ来たぞ」

電話を終えたゆうちゃんが、ふと思い出したように言う。

「えっ」

なんでも今回の一件を知らせた結果、幼い甥姪を含む家族全員が病院へ駆けつけたらしい。

「つい三十分くらい前までここにいたんだけどな。こんなにいても邪魔だろって、帰らせた。お前が目を覚ましたって伝えたら、また押しかけてきそうだ」

かといって連絡せずにいたら一生恨まれると、ゆうちゃんは文句を言いつつスマホの画面をタップする。個別に電話するのを面倒くさがって、家族のグループメッセージで知らせることにしたようだ。

私から伝えようか？　と言ったが、「いいからお前は安静にしとけ」だって。

ちなみに永松さんに奪われていた私のスマホは回収され、ベッドテーブルの上に置かれていた。

彼がメッセージを打ち込んだ直後から、ピコンピコンと受信の音が鳴り響く。メッセージに気づいた家族がすぐさま返信を送ってきたようだ。

その勢いに苦笑しつつ、ゆうちゃんが届いたメッセージを読み上げてくれる。

「……っ」

（お父さん、お母さん、みんな……）

家族がどんなに私を心配してくれているかがわかって、じんわり胸が熱くなった。

やがてメッセージのやりとりを終えたゆうちゃんが、「とりあえず、今日はもう病院来んなって伝えておいた」と言う。

その心底げんなりした様子に、私は思わずくすっと笑ってしまった。

「……やっと笑ったな」

「え……」

「目覚めてからこっち、お前、表情が死んでた」

（そう……なの？）

自分ではよくわからないけれど、どうやら私、今笑うまで表情がなくなっていたらしい。

あんな目に遭ったんだから無理もないと、ゆうちゃんは眉を寄せる。

「お前が無事で、本当によかった」

「ゆうちゃん……」

彼の、泣き笑いにも似た顔を見た瞬間、どうしようもなく胸がざわついた。

(……っ)

そして私は思わず、本当に図らずも、心に浮かんだ言葉をそのまま口にする。

「私、ゆうちゃんのことが……好き」

「……は?」

「あっ」

(わ、私、急に何を!?)

言ってしまったあとで、ものすごい後悔が襲ってくる。

なんの脈絡もなくぽろっと告白するなんて、私、馬鹿じゃないの……!

(ああほら、ゆうちゃんだって呆れてる! 何言ってんだこいつ、みたいな顔で私を見てる!)

今の言葉を取り消したい! 穴があったら入りたい、埋まりたい!

そう動揺する私に、彼は言った。

「何を今更……」

(……ん?)

「お前が俺を好きって、そんなの、とっくに知ってる」

えっ！　と、とっくに!?

（あ……）

もしかしてゆうちゃん、さっきの私のうっかり告白を恋愛感情的な意味合いじゃなくて、家族愛として受け止めているのでは？

そ、それならそれで、今まで通り……なのかな？　ある意味、失態を誤魔化せたようなものだ。

（でも……）

このまま、なあなあで済ませていいの？　と、囁く自分がいる。

紗代ちゃんに背中を押されて、今日、自分の想いを伝えるんだ！　って決意したのに、これでいいのか？　って。

（……よく、ない）

曖昧だった自分達の関係をはっきりさせたい。

そうじゃないと、きっと前には進めない。だから……

「あのっ、ゆうちゃん！」

私は意を決して、口を開いた。

「わ、私は、ゆうちゃんのことを兄として、家族としてだけじゃなくて……その、れ、恋愛感情で、好き……なの」

ああ、ゆうちゃんの反応が怖くて、彼の顔が見られない。

俯き、それでも一度堰を切った感情は止まらず、想いを告げる。

「突然こんなこと言ってごめんなさい！　迷惑、だよね。でも、どうしても、言っておきたくて」

「……待て」

「フ、フラれる覚悟はできているから、大丈夫！　しばらくは引き摺るかもしれないけど、今後もまた、兄妹として接してもらえたら嬉しい、です」

「ちょっと待て」

「だから、ゆうちゃんの返事を……」

「いいから待てって！」

「ふえっ⁉」

突然声を荒らげたゆうちゃんに言葉を遮られ、びくっと身を震わせる。

あああ、やっぱり突然すぎて怒らせてしまった？　こんな時に何言ってんだこいつって、呆れられてしまったかも。

そう縮こまる私に、ゆうちゃんは「はあ～」と重いため息を吐く。

「お前が恋愛感情込みで俺を好きだってことくらい、ちゃんと知ってる」

「え……っ？」

「さっきそう言ったろうが。……っつーか、今ごろになってこんな当たり前のことを言うとか、まさかとは思うがお前、俺がお前を好きだってこと……ああ、それこそ家族としてだけじゃなく恋愛感情的な意味で好きだって、わかってなかったのか？」

「ええええええええええええっ！」

ゆ、ゆうちゃんが私を、好き？

妹として、家族としてだけじゃなくて……？

「マジかよ……。嘘だろ」

驚く私の反応で全てを察したのだろう、ゆうちゃんが頭を抱えて項垂れる。

「今までさんざんイチャイチャしてきただろうが。あれは何か？　俺の夢か？」

「え、えっと……」

あの過度なスキンシップって、ゆうちゃん的には恋人同士のイチャイチャだったんだ。

「だ、だって、一度も好きだとか、愛してるとか、言われたことなかったし……」

「そんなこっぱずかしいこと、簡単に言えるか！　第一、なんとも思ってない女相手にあんながっつくわけないだろ！」

「ええっ！」

紗代ちゃんと同じようなこと言ってる。

で、でも、ちゃんと口にしてもらわなきゃわからないよ、そんなこと！

「そ、それに、華蓮ちゃんは？　華蓮ちゃんと付き合ってるんじゃないの？」

「はあ？　なんでそこで華蓮が出てくんだよ」

「だって、このところ頻繁にやりとりしてたし。会社に華蓮ちゃんを呼んだ時だって二人きりになって、その……キ、キスしてたじゃない！　私、見たんだから！」

「はあぁ⁉　華蓮とキスなんてするわけないだろ！　華蓮には、クソジジイの不正の証拠を集める協力を頼んでいただけだ」

「えっ」

「あいつ、娘には甘いからガードが緩くなるだろ。華蓮も娘として責任を感じるって、手を貸してくれたんだよ」

「ええ……っ」

（じゃ、じゃあ……、ゆうちゃんが私に内緒にしていた大叔父への対抗策って、華蓮ちゃんとの結婚じゃなくて……）

「クソジジイにバレないよう、最小限の人数で動いてたから、お前にも秘密にしてた。それだけのことで、華蓮とは誓って何もない」

「じゃあ、あの時のキスは……」

ゆうちゃんは確かに、座っている華蓮ちゃんの前に立ち、顔を覗き込むみたいに身を屈(かが)め彼女の頬に手を添えて、顔を近づけていた。私が執務室を出てすぐのことだ。

そう話すと、ゆうちゃんは「華蓮の顔に……？」と呟き、しばらく考え込む。

「あっ……そういえばあの日、華蓮の目に睫毛が入ったからとってくれって頼まれて、とってやったな。お前、それ見て勘違いしたんじゃねーの」

「なっ……」

なんと、私をあれほど落ち込ませ悩ませた二人のキスシーンは、勘違い……だったらしい。

「そもそもあいつ、結婚を考えてる彼氏がいるぞ。クソジジイに猛反対されてるらしいが、無視して入籍する腹積もりらしい。まあ、今回の件でクソジジイも娘の結婚に反対する気力なんぞなくなったろうがな」

「そ、そう……なの？」

（全然知らなかった……）

「ああ。つーか小春、さっきやたらとフラれる前提で告白してたよな？　まさかとは思うが、俺が華蓮と付き合っていながらお前の身体を弄ぶような最低野郎だと思ってたのか？」

「うっ……」

下手に期待して傷つきたくない、と予防線を張っていたわけだけれど、それってつまりはそういうことになる……のかな。

（改めて言葉にすると、私、最低だ……！）

「そっ、そんなことはない、です」

とりあえずそう言い繕ってみたんだけど、長年共に過ごした相手を誤魔化せるわけもなく、ゆうちゃんは「ほう？」と厳しい眼差しで私を見据える。

（うっ……）

無言の追及に耐えきれず、私は速攻で「ごめんなさい！」と白旗を揚げた。

「で、でも、ゆうちゃんがはる兄とまさ兄に、私のことは女として見れないって、結婚なんてするわけないって言ってたのを聞いたし、自分がゆうちゃんの恋愛対象になるわけないってずっと思ってたんだもん」

「は？　なんだそれ。俺、そんなこと言ったか？」

「言ってたよ！」

「記憶にないんだが。いつの話だ」

私は長年その言葉に悩んできたというのに、言った当人はすっかり忘れているらしい。

（こればっかりは、私の勘違いじゃないからね。ちゃんとこの耳で聞いたもの）

「私が中学生に上がったばかりのころだよ」

「だいぶ前じゃねーか……」

ゆうちゃんは呆れ顔になる。

「……あー、そういえばそのころ、晴斗や雅斗がいちいちからかってくるのが鬱陶しくて、そんなようなことを言った……かもしれないな」

「やっぱり！」

そう責める私に、彼は「仕方ないだろ」と呟いた。

「男子高校生が、ちょっと前までランドセル背負ってたガキに恋愛感情持ってる、結婚するつもりだなんて馬鹿正直に言えるか、馬鹿」

「えっ……」

（そ、その言い方だと、まるで当時からゆうちゃんも私のこと……）

「たぶん、そのころだよ。俺がお前を恋愛的な意味でも意識するようになったのって」

ふっと自嘲を浮かべ、彼は言葉を続ける。

「昔から、それこそお前を見つけた時から、一生手放したくないとは思ってたけどな。ただ、俺はお前の兄でもあるし、身内からそんな目で見られてるなんて、嫌な奴は嫌だろ。だからなるべく、男と女を感じさせないように気をつけていた」

それは、二人で暮らすことになってからも同じ。……というか、そもそも私が大学に進学するタイミングで二人暮らしを決めたのは、当時社会人と学生でお互いに忙しく、二人きりでいられる時間がなさすぎて耐えがたかったからだと、彼は告白した。

「二人暮らしを始めたあとも『仲の良い兄と妹』の関係を崩さなかったのは、お前の気持ちを図りかねていたせいでもある。お前が俺を好きでいてくれるのはわかってたけど、それが家族としてだけなのか、それとも男としても見てくれるのか、受け入れてくれるのか、わからなかったしな。かといって、確かめようとすればお前は俺の傍から離れていくかもしれない。そう思ったら、言えなかったし行動にも移せなかった」

（うそ……）

知らなかった。

ゆうちゃんが私と同じ不安をずっと抱えていたなんて、想像もしていなかった。

「お前、そういうことに疎そうだったしな。ただ、さすがにそろそろ行動に移すかって思ってた矢先、あのクソジジイが余計なことしやがって、頭に血が昇って……」

藤吉さんとのお見合いの時のことだ。

「お前を他の男にとられるくらいなら、身体ごと全部、無理やりにでも俺のものにしてしまおうって思った。……悪い。今更だけど、これじゃ発想が藤吉の野郎と変わらねーな」

「ち、違う！　藤吉さんとゆうちゃんは全然違うよ！」

確かに最初はちょっと無理やりっぽかったけれど、彼はちゃんと私の意思を確認してくれた。私を気遣って、十分すぎるほど優しくしてくれた。

「ありがとうな、小春。……まあ、それで俺としては、お前があの時俺を受け入れてくれたから、気持ちもわかってもらえたものとばかり思って……だな」

「あ……」

「俺の中ではあの夜から、お前と恋人同士になってたつもりだったんだよ」

それが全然伝わっていなかったとか、間抜けもいいところだなと、彼は再び自嘲する。

「ご、ごめんなさい……」

私がゆうちゃんの本当の気持ちを知るのを怖がり言わずにいた、聞けずにいたせいで。もっと早く誤解を解いていれば、彼にこんな傷ついた顔をさせることもなかったのに……

「いや、悪いのは俺だ。さっきは『こっぱずかしくて言えるか！』なんて言ったけど、一番肝心な時にちゃんと言えずにいる方が格好悪いよな」

「ゆうちゃん……」

「今更かもしれないけど、改めて言わせてくれ」

彼は私の目を真摯に見つめ、言葉を紡ぐ。

「俺は小春のことが好きだ。一生お前と添い遂げたいと思ってる」

「……っ」

「初めて小春を見つけた時、お前さんざん泣き喚いてたのにさ、俺の顔を見たとたん、安心したみたいに、にぱぁって笑ったんだ。すっげえ可愛くて、胸がこう……ぐっと締め付けられて。特別な宝物を見つけた気分になった。俺のものにしたい、誰にも渡したくないって、強く思った。あのころからずっと小春は俺の特別で、成長していくにつれてそこに恋愛感情も加わって……」

……私も、同じだ。

物心ついたころからずっとゆうちゃんは私の特別な人で、長ずるに従い、男の人としても好きになっていた。

「俺が愛しているのは、お前だけだ。……これからもずっと、俺と一緒にいてくれるか?」

(ゆうちゃん……)

彼の気持ちがすごく、すごく嬉しい。

泣いてしまいそうなくらい、幸せだ。

(でも……)

自分なんかがゆうちゃんの想いに応えて、本当にいいのだろうか。

そんな疑念が頭をかすめる。

子どものころ、私のせいでゆうちゃんは消えない傷を負った。

今回の件だって、私がちゃんとしていればここまで大事にはならなかったろう。

「……私が傍にいたら、ゆうちゃんに迷惑がかかる……」

「小春……?」

ああ、自分から告白しておいて、今更何を言っているんだ。

けれど、私のせいでまた彼に害が及んでしまったらと思うと、怖くてたまらない。

「私は、昔からゆうちゃんに迷惑かけてばっかりで……。これから先だって、足を引っ張っちゃうかもしれない」

まるで、厄病神みたい。

誘拐事件のあと、私をよく思わない親戚達にもそう罵られたっけ。「お前がいなければ、勇斗が怪我をすることもなかったのに」「こんな子を引き取るから」「お前は大神家に憑りついた疫病神だ」って……

彼らの言葉は、間違っていない。

だから私は、ゆうちゃんに想いを告げるべきじゃなかった。

何も言わず、彼のもとから離れた方がよかったんだ。

「私は、ゆうちゃんの傍にいちゃいけな……」

「馬鹿小春」

私の言葉を遮って、ゆうちゃんが私の額に軽くデコピンをする。

「うっ」

ただ、いつもほど痛くなかった。

たぶん、私の容態を気遣って加減してくれたのだ。

「一人で勝手に決めつけて、逃げようとするな」

彼は涙で潤む私の瞳をまっすぐに見据えて言う。

「俺に迷惑？　だから傍にいない方がいいって？　ふざけるなよ。大体、他人に一切の迷惑をかけずに生きていける人間なんているわけがない。俺だって、大なり小なりお前や周りに迷惑かけてるだろうが」

「そ……」

それは、そうかもしれないけど……

「そもそも俺は、好きな女にかけられる迷惑なら、面倒だと厭ったりしない。むしろ、頼られた方が嬉しいし、俺が助けてやりたいとも思う」

この腕だって……と、ゆうちゃんは服の上から右腕の傷痕を撫でる。

「お前は未だに気に病んでいるのかもしれないけど、俺にとってはお前を守ることができた証、勲章みたいなもんだ。誇らしいよ」

「ゆうちゃ……」

「なあ、お前は俺に迷惑かけられるの嫌か？」

「い、嫌じゃない……っ」

私はふるふると首を横に振った。

その拍子に、両目から涙が零れる。

「なら、俺も同じだってわかるよな。こんなのはお互い様なんだよ。負い目を感じる必要はない」

「ゆうちゃん……」

「俺のために身を引くとか、考えるな。お前が不安に思う度、俺がそれは違う、大丈夫だって言ってやる」

「……っ」

「だから小春、お前の本当の気持ちを教えてくれ」

私の、本当の気持ち……？

それならもう、ずっと前から決まっている。

ただ怖くて、不安で、やっぱり望んではいけないのだと尻込みしてしまっていた。

（馬鹿だなあ、私……）

いつまで、トラウマに囚（とら）われているつもりなのだろう。

「ごめんなさい」

誤解して、傷つけて。この期（ご）に及んで逃げ出そうとして。

こんな、臆病でどうしようもない私だけれど……

「私は、ゆうちゃんの傍（そば）にいたい」

だから、改めて言わせてください。

「私もゆうちゃんを、ゆうちゃんだけを愛してる」

そしてこの先もずっと、あなたと一緒に生きていきたい。

「ああ」

泣きながら想いを告げた私を、ゆうちゃんはそっと抱き締めてくれた。

「ゆうちゃん……」

私の弱いところもだめなところも全部、許して受け入れるみたいに。温かなその腕で、優しく包み込んでくれる。

「小春……。もう一生、離してやらないからな」

「うん……っ」

一生、離さないで。

そうして私達は、どちらからともなく唇を合わせる。

心の隔たりがなくなり、想いが通っていることを感じながらするキスは、この上なく幸せなものに感じられた。

八

病院に一泊した翌日。私はゆうちゃんに付き添われて自宅マンションに帰った。

頭痛も治まったし、もうすっかり体調は良くなっているのに、大事をとって会社を休むよう彼から厳命される。

ゆうちゃんは私に「家事はするな。ベッドで安静にしていろ」「昼に様子見に戻ってくるから」と言い残し、一人で出勤していった。

しかも去り際、私の唇に「いってきます」のキスを残して。

（は、恥ずかしい……）

自分の気持ちがまったくといっていいほど私に伝わっていなかったことを踏まえて、彼はこれまで以上にスキンシップに励むことにしたらしい。

気恥ずかしいものの、「私達、本当に恋人同士になったんだなあ」という実感が湧いてきて……。

……正直、とても嬉しい。

（それにしても、『安静に』って……。病人じゃないんだけどなぁ）

あんな事件に巻き込まれたせいか、ゆうちゃんの過保護度が上がっている気がする。

彼の世話焼きぶりをこそばゆく感じるけれど、せっかく気遣ってくれているのだ。お言葉に甘えて今日はゆっくり休ませてもらおう。

そして昼休みの時間になり、ゆうちゃんが二人分のお弁当を届けてくれた。

「ただいま、小春。ちゃんとおとなしくしてたか？」

彼は私をぎゅっと抱き締めて、行きと同じく頬に「ただいま」のキスをする。

「お、おかえりなさい。言いつけ通り、おとなしく寝てましたよー」

本当は暇で暇で、この機会に少しでも家事をやっておきたかったのだけれど、ゆうちゃんに見つかったら絶対に怒られる！　と思って諦めたのだ。

「体調は？　食欲はあるか？」

「ん、大丈夫」

ダイニングテーブルで、彼が買ってきてくれたお弁当を一緒に食べる。

会社は専務が突然解任されたこと、永松さんが懲戒解雇になったことで多少混乱しているものの、今のところ大きな問題はないという。

ただ、新しい専務取締役が決まるまでは大叔父がやっていた仕事の一部をゆうちゃんが担当することになったらしく、これからますます忙しくなるとぼやいていた。

「まあ、あのクソジジイにいつまでもでかい顔で居座られるよりは、よっぽどマシだがな」

これで少しは風通しも良くなるだろう、とゆうちゃんは言う。

大叔父の縁故にすがって、ろくに仕事もせず威張っていた専務派閥の人達も、今ごろは戦々恐々としているんだろうなぁ。

そんな話をしつつお弁当を完食すると、彼は慌ただしく会社に戻っていった。

玄関でゆうちゃんを見送って、自室に戻る。すると、枕元に置いていたスマホに紗代ちゃんからのメッセージが届いていた。

「あっ」

『大神常務に告白できた？　報告待ってまーす』

（紗代ちゃん……）

彼女が背中を押してくれなかったら、私は未だにうじうじと悩み続けていたかもしれない。

感謝の気持ちを込め、紗代ちゃんに返信を送る。

『紗代ちゃんのおかげで、告白できました。実はずっと前から両思い……だったみたい。華蓮ちゃんのことも私の勘違いでした』

するとすぐさま既読がつき、黒猫のキャラクターがクラッカーを打ち鳴らして「おめでとう！」と言っているスタンプが届いた。

続けて、『本当によかったね！　今度詳しい話を聞きたいし、また一緒に飲もう！』というお誘いが。

私も柴犬のキャラクターが「ありがとう」とお辞儀をしているスタンプを押し、『うん、また一緒に飲みたいです』と返す。

そのあとは家族からのメールやメッセージに返信を送ったり、スマホでニュースサイトの記事を読んだりしているうちに眠くなってきたので、お昼寝をすることにした。

自分ではもうすっかり元気なつもりだったけど、やっぱり精神的な疲れは残っていたみたい。ちょっとだけのはずが、気づけば夕方になっていた。

こんなに寝ちゃって、夜ちゃんと眠れるか少し心配だ。

（うーん……）

さて、これからゆうちゃんが帰ってくるまでどうやって時間を潰そうかと考える。

（やっぱり、夕飯くらいは作りたいなぁ）

怒られるかもしれないけど、作ってもいいかな……とキッチンに移動しかけたその時、まるでタイミングを見計らったかのようにゆうちゃんからのメッセージが届く。

『今日の夕飯は俺が作るから、お前は安静にしておくように』

（おっと……）

先手を打たれてしまった。

でも、また彼の手料理が食べられるのかと思うと、嬉しくなる。

（ゆうちゃんの帰りが待ち遠しい）

それから、自室に籠っているのもいい加減飽きたので、リビングに移動して録り貯めていたドラマを見ることにした。

ベッドで寝るのも、ソファにゆったり腰かけるのも、そう大差ないだろう。

（ちゃーんとおとなしくしてるから、いいよね）

その後、ゆうちゃんが夕食の材料を買って帰ってきたのは、午後七時を少し過ぎたころ。

「夕飯は鍋焼きうどんにするから」

「鍋焼きうどん！」

「好きだろ？」

「うん！　大好き！」

鍋焼きうどんは私が受験生だったころ、実家で母がよく作ってくれたお夜食の定番メニューだ。

私はこれが大好きで、お母さん特製の鍋焼きうどんを食べると、こう……元気になれるんだよね。

ゆうちゃんは、わざわざお母さんにメールして鍋焼きうどんのレシピを聞いてくれたらしい。

「出来上がるまで、お前はソファで休んどけ」

調理する彼の姿を間近で見ていたい、あわよくばお手伝いもしたいとキッチンについていきかけた私を、ゆうちゃんがすげなく追い払う。

（ちぇっ、残念）

そして彼は数日前と同じく、慣れない料理に悪戦苦闘しつつ鍋焼きうどんを作ってくれた。

「お待たせ」

「ありがとう、ゆうちゃん」

ダイニングテーブルに置かれた一人分の土鍋の蓋(ふた)を開けると、白い湯気(ゆげ)がふわあっと広がる。お出汁(だし)のいい匂いがして、私は思わずごくっと喉(のど)を鳴らした。

ゆうちゃん作の鍋焼きうどんは、お母さんのと同じくかまぼこ、ほうれん草、椎茸(しいたけ)、エビ天、鶏肉(とりにく)が入っていて、さらに半熟になった落とし卵が中央にあり、とっても具だくさん。

かまぼこの厚さが不揃いだったり、椎茸(しいたけ)の切り込みが深すぎて分裂寸前だったりもしているけれど、大好きな人が自分のために作ってくれたというだけで、私にはこの上ないごちそうに思えた。

「美味(おい)しそう！　いただきます」

手を合わせて、さっそく箸(はし)とレンゲを手に取る。

まずは鰹出汁(かつおだし)の効いたスープを一口。

（んっ、お母さんの鍋焼きうどんと同じ味だ〜！）

続いて卵の黄身を潰(つぶ)し、うどんに絡めて一啜(ひとすす)り。

「ん〜っ」

（美味(おい)しい！）

しっかりコシがあるうどんも好きだけれど、鍋焼きみたいにくつくつ煮込んで柔らかくしたうどんも好きだなあ。

それから、スープを吸って衣がぷわぷわになったエビ天！　大好き！

「どうだ？」

「すっごく美味しい。ありがとう、ゆうちゃん」

心からの感想を伝えると、彼は嬉しそうに「そうか」と微笑む。

その笑顔がなんだかとっても可愛く思えて、私は胸がきゅ～っとした。

ゆうちゃん手製の鍋焼きうどんで心もお腹もほっこり満たされて、では食後の後片付けは私が～と立ち上がりかけたところ、彼に「いいからお前はゆっくりしておけ」と断られてしまった。

（むう……）

本当にもう大丈夫なのになぁ。夕飯を作ってもらったんだから、食器洗いくらいしたいのに。

贅沢な不満を抱えつつ、言われた通りソファでおとなしくする。

テレビでは好きな俳優さんが主演を務めるドラマが流れているのに、キッチンにいるゆうちゃんの気配にばかり意識が向いて、全然集中できなかった。

やがて、後片付けを終えた彼が私の隣に腰かける。

（わっ……）

いつものように肩を抱き寄せられ、ぴったりくっついてのテレビ鑑賞。

でもこれまでと違って、彼が私の髪や頬に口付けてくる。

「小春……」

「ゆ、ゆうちゃん……」

そんないっぱいキスしないで……っ。

「ははっ。すぐ顔が赤くなる。可愛いな、小春」

「……っ」

あ、甘い。甘いよ、ゆうちゃん……！

グレードアップした恋人モードの彼の攻勢に、私は心臓が爆発しちゃうんじゃないかと思うくらい、ドキドキが止まらない。

（ゆうちゃん、「好き」とか「愛してる」を口にするのは恥ずかしいって言ってたけど、こういうスキンシップは恥ずかしくないのかな……）

そんなことを思いつつ、二人で食後のひと時を過ごす。

そして時計の針が十時を指そうかというころ、ゆうちゃんが「そろそろ風呂に入るか」と言い出した。

「そうだね」

明日からはまた仕事に行ってもいいと、彼にお許しをいただいている。

翌日の出勤に備えて、そろそろ寝支度を始めておきたい。

「ゆうちゃん、お先にどうぞ」

「いや、せっかくだし一緒に入ろうぜ、小春」

「えっ」

せ、せっかくだしって、何!?　一緒に入る理由がわからないんですけど！

「嫌か？」

「い、嫌……ではない、けど……」

お互いの裸はさんざん見ているし、仙台出張の時だって一緒にお風呂に入った。

で、でも、やっぱりまだ恥ずかしいんだよ～！

「なら、別にいいだろ。今夜は俺が身体を洗ってやるよ」

彼は得意げに囁いて、私の唇にちゅっと口付ける。

「～っ」

だから、甘いんだって！

私は頬がかあっと熱くなるのを感じながら、ゆうちゃんに手を引かれ、浴室に向かった。

なんの躊躇(ためら)いもなく服を脱いでいく彼とは対照的に、私は羞恥心(しゅうちしん)が勝ってついもたもたしてしまう。

ゆうちゃんはそんな私を咎(とが)めず、むしろ嬉々として、「脱ぐの手伝ってやるよ」と私の下着に手をかけた。

「ちょっ、ゆうちゃんっ」

一人でできるからいいよと言っても聞き入れず、結局、ブラは彼の手で脱がされた。

ちなみに、ショーツは断固として自分で脱いだ。それはそれで恥ずかしかったけど……

（ううっ……）

二人で生まれたままの姿になって、浴室に足を踏み入れる。

広めのバスタブにお湯を溜めている間に、まずは髪と身体を洗うことにした。

ゆうちゃんは私をバスチェアに座らせ、シャワーを手にとる。

「髪濡らすぞ。目を瞑(つむ)ってろ」

「う、うん」

ゆうちゃんはリビングでの宣言通り、私の身体と髪を洗ってくれるつもりのようだ。

温かなお湯が頭に降り注ぐ。それがやんだと思ったら、一度彼の手で泡立てたらしいシャンプーで優しく髪を洗われる。

彼はとても丁寧に私の全身を清めてくれた。

手足や背中だけじゃなく、胸とか……大事な部分まで洗われるのは恥ずかしいが、ゆうちゃんの大きな手で髪を洗われるのは、すごく気持ちが良い。

自分で洗うのと人に洗ってもらうのって、全然違うよね。

「ゆ、ゆうちゃん。あの、私も……」

あんまり甲斐甲斐しくお世話してもらったから、お返しにと、私も彼の髪と身体を洗う。

で、でもやっぱり、股間を洗うのはものすごく恥ずかしかった。

しかもゆうちゃん、泡たっぷりのボディスポンジでそっと触れただけで、「ん……っ」と色っぽい声出すし。

（あああああっ……）

思い出しただけで赤面ものだよ……っ。

や、やっぱりこういう大事なところは、自分で洗うのが一番いいよね！　うん。

お互いの髪と身体を洗い終わったら、お湯を溜めたバスタブに浸かる。

私はゆうちゃんに後ろから抱き抱えられる体勢で、湯船に身を沈めた。

（ふはぁ……っ）

ちょうどいいお湯加減のお風呂は、彼が入れてくれたバスソルトの、カモミールの香りがする。

ゆうちゃん、カモミールの香りは「草っぽくて苦手だ」って言ってたのに、私がリラックスできるようにって、このバスソルトを使ってくれたんだ。

彼が私に示す態度の一つ一つに、大事にされているなぁ、愛されているなぁ、と感じる。

かつては期待しちゃだめだと目を背けていたけれど、今は素直に、彼の気持ちを受け止めることができた。

「気持ち良いか？　小春」

「う、うん」

（……あ、あれ？）

たぶん、お風呂が気持ち良いかって意味なのに、その響きが妙に艶っぽく感じるのは何故だろう。

それにさっきから、私のお腹に回っていたゆうちゃんの手が、だんだんと下に移っていっているような気が……

「あっ……」

彼の指がお湯の中でそっと彼処に触れる。

う、うっかりぶつかった、とかじゃない。

「小春……」

「ひぁっ」

今度は後ろから、私の首筋にちゅうっと吸いついてくる。

そしてゆうちゃんは、もう片方の手で私の胸をやわやわと揉み始めた。

「ちょっ、ゆ、ゆうちゃん……？　なんで……」

「悪い、勃った」

「たっ……！」

確かにさっきから、私のお尻に硬いモノが当たっておりますけれども！

「あっ……ん」

そうこうしている間にも、彼の手は私の胸と秘所を同時に攻める。

「あぁっ、やっ……」

乳首いじらないでぇ……っ。

「お前がどうしても嫌だって言うなら、やめるけど」

「……っ」

(そ、そんな言い方、ずるいよ)

無性に恥ずかしいだけで、嫌なわけではないのだ。

むしろ、彼の手に触れられて、官能の火を点けられて——

「…………っ」

ゆうちゃんに抱かれたいって気持ちが、生まれていた。

「い……いい……よ……」

私は蚊の鳴くような声で答える。

「体調は？　大丈夫か？」

「へ、平気……です」

「そうか……。ありがとな、小春」

彼は囁き、私の顔をわずかに振り向かせると、唇にちゅ……っと触れるだけのキスをする。

「んっ……」

それはすぐに舌を絡め合う激しいものへ変わり、私は数日ぶりの大人のキスに酔い痴れた。

「ぁっ、ん……っ」

口付けを交わすうち、自然と向かい合う体勢に変わる。

ゆうちゃんは私の咥内を犯しつつも、胸と秘所の愛撫を再開した。

「あっ……んっ」

敏感な胸の頂をくりくりっと捏ねられ、時に軽く引っ張られて、腰が揺れる。

私達が身動ぎするごとにお湯がちゃぷっちゃぷっと揺れ、水面が波立った。

「んあっ……」

それまで秘裂をなぞるように撫でていた彼の指が、なんの前触れもなくつぷんっと蜜壷に沈められる。私は知らぬ間に愛液を滴らせていたようで、ゆうちゃんの指をねっとりと受け入れているのが自分でもわかった。

「……んっ、あっ、ああ……っ」

彼の愛撫に啼かされながら、ふと、いつも私ばかり気持ち良くしてもらっているなと思う。

私は常々されるがままで、私がゆうちゃんを愛撫したことは数えるほどしかなかった。

（私も、ゆうちゃんを気持ち良くしてあげたい）

ふいにそんな衝動が込み上げてくる。ドキドキと逸る心が命じるまま、私は彼の肉棒に手を伸ばした。

「……っ」

そっと握り締めると、ゆうちゃんの顔がくっと歪む。

でも痛いとか、嫌だとかは思っていないようで、低く唸るみたいな声で「もっと擦れ」と命じた。

「ん……」

言われた通り、屹立したそれを上下に擦る。私の手の中で、ゆうちゃんの雄がさらに硬く、大きくなっていく。

「は……っ、ぁ……っ」

間近に感じる彼の艶めいた吐息が、だんだんと荒くなる。

それに比例して、私の身体を可愛がる手つきも性急になっていった。

(ゆうちゃんも感じてくれているのかな……)

だとしたら、嬉しい。

私を愛撫する時の彼も、こんな気持ちなのだろうか。

「……っ、くっ、ぁっ」

「あぁっ、あっ」

性的な触れ合いに身体の熱も増していって、私達は逆上せそうになりながら、お互いの身体を愛する。

「あ……っ、ああっ」

浴室は音が響くので、自分の嬌声がいつもと違って聞こえ、恥ずかしい。

けれどその羞恥心さえ、今の私には官能を煽るスパイスでしかない。

「……っ、これ以上ここでヤッてたら、倒れそうだな」

何度目かのキスのあと、ゆうちゃんがふっと笑った。

「……だね」

私達は頷き合うと、バスタブを出て、今度は洗い場でお互いを求める。

浴室の壁に背中をつけて、向かい合う体勢で身を寄せ、大事な部分に触れた。

「んっ……、あっ、ああっ……」

「小春……っ」

「ゆうちゃ……っ」

身長差があるのでちょっと大変だったのに、そんなことも忘れるくらい、夢中になる。

「あっ、あっ、ああっ……んっ……」

普段より時間をかけて、ゆっくりと官能の波を高め合う。

たくさん、たくさんキスをして。お互いの肌を触り合って。

「あぁっ……あっ……」

果ての気配が近づいてくる。

「あ……っ」

ゆうちゃんはまるで絶頂の兆(きざ)しを感じ取ったかのごとき絶妙なタイミングで私の腰を抱き、秘裂に自身を宛(あて)がった。

「んっ……」

彼はそのまま挿入せず、愛液に濡れた彼処(あそこ)に剛直を擦(こす)りつけるみたいに腰を前後に振る。

「やっ、ああっ」

硬く屹立(きつりつ)した肉棒に秘裂を擦(こす)られる気持ち良さに、身体の奥底から熱い塊(かたまり)がせり上がってくるのを感じた。

(だめっ、もう、いっ……)

「あっ、あああっ……」

そして私はびくっと身を震わせ、頂に達する。

それに少し遅れて、ゆうちゃんも私の太ももに向かって白濁を吐露した。

「……んっ」

絶頂を迎えたばかり、痺れるような余韻が残る私の身体を、彼がぎゅっと抱き締める。

お互いにまだ、燻る熱が鎮まっていかないのがわかった。

明日は二人とも仕事がある。

けれど、もう少し。もう少しだけ……

(ゆうちゃん……)

彼に抱かれていたい。

ゆうちゃんに愛されたい。愛したい。

「ん……っ」

そんな想いに後押しされつつ、私からおねだりのキスをする。

「……ふぁっ、あ……っ」

ゆうちゃんはそれに応え、私の舌を優しく吸い、咥内を激しく貪った。

息をするのも忘れるほど、キスに夢中になる。

どれくらい、そうしていただろう。

「んぅ……っ」

やがて彼は唇を離し、シャワーのコックに右手を伸ばした。

たぶん、お互いの汗や体液を流そうとしたのだろう。あるいは、高まりすぎた熱をクールダウンさせようと思ったのかもしれない。

二人の身体にシャワーの雫が降り注ぐ。

水に近いぬるめのお湯が、火照った肌に心地良い。

「小春……っ」

「ゆうちゃん……っ、んっ」

なんだか、雨の中でキスをしているみたい。

時折口付けを交わしつつぬるいお湯を浴びて汚れを落とし、そのままもつれるように浴室を出る。

身体を拭く時間も、服を着る手間も惜しみ、廊下に雫を滴らせて向かったのは、ゆうちゃんの寝室だ。

最後にここのベッドで熱い夜を過ごしたのは、私の誕生日。

あれからたった数日しか経っていないのに、もうずいぶん長いこと足を踏み入れていなかったみたいに思える。その間に、色々なことがありすぎたのだ。

「あっ……」

ゆうちゃんが掛け布団を床に落として、シーツの上に私を押し倒す。

グレーの生地が濡れて色を濃くするのを見て、仙台出張の折、温泉宿で抱かれた時と同じだなと思った。

「ん……っ」

私に覆(おお)い被さる彼が、首筋に顔を埋(うず)めてくる。

「……なんか、草の匂いがするな」

くすっと笑って、ゆうちゃんが言った。

「草って……。カモミール、だよ」

それに、私からカモミールの香りがするというなら、ゆうちゃんだって同じ。

私は彼を真似(まね)て、ゆうちゃんの首筋に顔を寄せた。シャワーでだいぶ流されているけれど、ほんのり甘い穏やかな香りが、わずかに残っている。

(大好きな人から自分と同じ匂いがするのって、なんかいいな……)

ついふふっと笑うと、つられたのか、ゆうちゃんも笑みを深め、そっと私の唇にキスをする。

今夜はもう、何度キスしたかわからない。

唇が腫れているかもしれないと、ちょっぴり不安になった。

（でも、もっともっとキス……したい）

ゆうちゃんの下唇をはむ……っと挟み、口付ける。

「ん……っ」

そして私達は浴室にいた時と同じく、のんびりとしたペースでお互いの身体に触れた。

もしかしたら、ゆうちゃんは私の体調を気遣ってくれているのかもしれない。

激しく抱かれるのも好きだけれど、こんな風にゆったりと愛し合うのもすごく素敵だ。

「あっ……」

彼の手に撫でられたところから、甘く痺れる充足感が広がっていく。

「ああっ……んっ」

大きな掌が私の胸、お腹、太ももと流れるみたいに移っていって、やがてわずかに開かれた股のあわい、しっとりと濡れそぼる彼処に辿り着く。

「んあっ」

秘裂の花びらを押し開き、ぷくりと勃ち上がった花芽に触れられただけで、びくっと身体が震えた。その反応に気を良くしたのか、ゆうちゃんはにやっと笑って、私の秘所に顔を埋める。

「んっ、んんっ」

唇と舌を使っての愛撫に、私はたやすく翻弄された。

「あっ、あっ……んっ……」

ねっとりと唾液を絡めた舌に敏感な部分を舐められ吸われるのだから、たまらない。

時間をかけて身体中に広がった熱が、さらに温度を上げる。

「あっ、ああっ」

やがて彼は口だけでなく指まで使い、私の秘所を攻めた。

「ひぁっ、あっ、ああっ……んっ」

一足飛びの快感が下腹の奥から脳天へと駆け抜ける。

（やっ、だ、だめっ……も、もう……っ）

「あっ、あぁっ、あああっ……！」

そうして私はびくんっと身体を震わせ、今宵二度目の絶頂を迎えたのだった。

「あ……っ」

私の秘所から顔を上げたゆうちゃんが、満足げに笑みを深める。

そうして彼はいったん身を離し、サイドボードの引き出しを開けて避妊具を取り出した。

ゆうちゃんはいつも、避妊具は自分でつけている。

けれどこの時は何を思ったのか、「小春、お前がつけてくれ」と言った。

「えっ」

男の人のソレにゴムを被せた経験なんてもちろんなくて、戸惑う。

「早く。やり方は俺が教えてやるから」

「う、うん」

私は絶頂の余韻が残る身体をのそのそと起こし、ベッドの縁に腰かけた彼の前で膝を折った。

そういえば、こうして避妊具に触るのも今回が初めてだ。

ドキドキしながらパッケージの封を切り、中身を取り出す。

「まずはここの先端、細い部分を摘まんで空気を抜け」

爪を立てて破らないようにと言われたので、気をつけながらそっと摘まんだ。

（こ、これでいいのかな……？）

「あとは先端に当てて、ゆっくりと巻き下ろす」

「うん」

（……むむ、結構難しいな……）

「指の腹使えよ」

「は、はいっ」

かなりぎこちなくはあったけど、どうにか装着できた……かな。

うん、ちゃんとつけられたっぽい。

(よし!)

屹立した剛直にしっかり被さったゴムの膜を見てホッとしていると、ゆうちゃんが「ぷはっ」と噴き出した。

「お前、今めっちゃドヤ顔してるぞ」

「ええっ」

「ははは、すっげ可愛い」

言って、彼は私の頬にちゅっとキスをする。

(……っ!)

「これからは、お前にゴムつけてもらうか」

「う……、が、頑張ります……」

頬を熱くして気まじめに答えたら、また彼が「ぷはっ」と噴き出した。

(もう! ゆうちゃん!)

「こんな時に笑うなんて酷いよ!」

「悪い、悪い」

ちっとも悪いと思っていない様子で謝り、ゆうちゃんは私の身体をひょいっと抱き上げる。

「わっ」

膝の上に乗せられて、向かい合う体勢になった。対面座位と呼ばれる体位だ。

「もう笑わないから、許してくれるか？」

彼は甘い囁き声で、私に許しを請う。

「う……」

本当に、笑わない？

そう目線で問いかける私に、ゆうちゃんは「もちろん」と頷いて笑みを深めた。

（ううっ）

至近距離で見る大好きな人の笑顔とか、敵うわけない。

私はせめてもの強がりで「しょうがないから、許します」と言い、気恥ずかしさを誤魔化すようにぎゅうっと抱きついた。

「可愛いなぁ、小春」

「……っ」

私のお尻を、ゆうちゃんの手がさわさわと撫でる。

たったそれだけで、一度鎮まりかけていた私の熱がまた高まった。

「あっ、やあっ」

彼は大きな手で、お尻の肉をやわやわと揉み解す。

自然と腰が揺れて浮いてしまい、できた隙間にゆうちゃんの手が滑り込んできた。

「ああっ」

片手でお尻を、もう一方の手で前――秘所を攻められる。

さんざんに愛液を零していた私の彼処は、くちゅっ、ぐちゅっと淫らな水音を鳴らした。

「……っは、このまま、挿入れんぞ」

「んっ……」

これ以上私を焦らす余裕は、彼にも残っていなかったらしい。

ゆうちゃんは私の秘所を愛撫していた手で自分の剛直を握り、淫花の狭間に宛がった。

「腰、落とせ」

「ん……」

促され、私はゆっくりと腰を落とす。

自分の身体の重みで、彼の肉棒がずぶずぶと奥に進んでいくのがわかった。

「あっ、ああ……っ」

ほどなく、ゆうちゃんの剛直が根元まで埋まる。

「はあ……っ」

(相変わらずおっきくて、くるし……)

「あー、やっぱお前のナカ、最っ高に気持ち良いわ」

「あっ……」

……私も。苦しさはあるけれど、最高に気持ち良い。

甘く痺れるような多幸感が、全身に広がっていった。

「動いていいか？」

「ん、いいよ。動いて……」

そうしてほんの少しのインターバルを置き、ゆうちゃんが腰を動かし始める。

「あっ、ああっ」

下から容赦なく、ガンガンと突き上げられた。

先ほどまでのスローペースとは打って変わった激しさに、私は自ら腰を振る余裕もなく翻弄される。

「あっ、ゆ……ちゃんっ。ゆうちゃんっ……」

「小春……っ、小春……っ」

ああ、なんて気持ち良いんだろう。

今までしてきたセックスも気持ち良かったけれど、今夜はなんだか……全然違う。

相手の気持ちを変に疑わなくていい、自分の想いを無理に押し殺さなくていい状態で触れ合う行為は、こんなにも心を満たしてくれるものなんだ。

知らなかった。そして、知ることができてよかったと思う。

「あっ、あああっ……んっ、あぁっ……」

果ての気配がまた近づいている。

頭の中が真っ白になるほどの、快楽の極み。

身体中が、官能の悦(よろこ)びに震えている。

(ゆうちゃん……)

私に、誰かを愛する幸せを教えてくれた人。

そして、愛される幸福を与えてくれた人。

(大好きだよ……)

彼への愛(いと)おしさが次から次へと溢れて、止まらない。

「ゆうちゃ……ああっ、ゆうちゃ……んっ」

「小春……っ」

「あ……っ、ああああっ」

そうして私は身も心も喜びを感じながら、この日三度目の絶頂を迎えたのだった。

「くっ……」

果てへと至る瞬間、彼自身をきつく締め付ける。

ゆうちゃんは切なげな苦悶(くもん)の表情を浮かべたあと、二、三度腰を振って、ゴムの中に精を吐いた。

「……はあ……っ」

お互いにくったりと力が抜けた身体を抱き締め合って、ほんの少し、余韻を味わう。

それから彼は自分の膝の上から私をどかし、シーツの上に寝かせると、役目を終えた避妊具を始末した。

(今夜はもう一回、するのかな……?)

そう思ってゆうちゃんの姿を見ていたけれど、新しい避妊具を用意する気配はない。

彼はじっと様子を窺(うかが)っていた私に気づき、ふっと笑って、「今日はもうこれで仕舞いな」と言った。

そして私をベッドに残し、いったん部屋を出る。

次に戻ってきた時、ゆうちゃんはホカホカの蒸(む)しタオルと、私の分の着替えを持っていた。

「あ……」

「俺がやるから、お前はおとなしく寝てろ」

自分で身を清めようと起き上がりかけた私を制し、彼が蒸(む)しタオルで身体を拭(ふ)いてくれる。ほど良く熱い蒸(む)しタオルでお互いの汗や体液やらで汚れた肌を拭(ぬぐ)われるのは、とても気持ちが良かった。

さらにゆうちゃんは自分の身体もぱぱっと清めて寝間着を身につけると、甲斐甲斐(かいがい)しく私の着替えを手伝ってくれて、ぐちゃぐちゃに濡れて乱れたシーツもささっと取り換える。

そうして二人、清潔なシーツとふかふかの布団の狭間に潜り込む。

「…………っ」

彼の想いを知るまで、私はずっと、いつかはゆうちゃんと離れて暮らすことになるんだと思い込んでいた。

だけど私達はこれからも、こうして一緒にいられるんだよね。

私を抱き寄せているゆうちゃんの温もりを、寝間着越しに感じる。

ああ、なんて幸せなんだろう。

胸がドキドキして、落ち着かなくて。

それでいて、無性に安心する。

相反するこの感情の源を、きっと『恋』とか、『愛』というのだろう。

(……ありがとう、ゆうちゃん)

大好きな人の胸に顔を埋めて、目を閉じる。

今日は午後から長くお昼寝しちゃったから、夜に眠れるか不安だったのに、それは杞憂だった。

疲れることをしたからなのか。はたまた、彼の腕の中が心地良いからなのか。

ゆうちゃんの鼓動に耳を澄ましているうち、私は自然と睡魔に襲われ、穏やかな眠りの淵に落ちていったのだった。

エピローグ

大叔父達の策謀で藤吉さんに襲われかけたあの日から、数日が経った。

クリスマスの気配が近づきつつある十二月初旬の金曜日。仕事帰りの私は今、紗代ちゃんの部屋にお邪魔している。

今日はここで夕食がてら、紗代ちゃんに告白の顛末を詳しく説明すると約束していたのだ。

ちょっと迷ったけれど、彼女になら話してもいいとゆうちゃんから許可をもらったので、藤吉さんや大叔父、永松さんのこと、睡眠薬を盛られてしまったことなども話す。

「はあっ!?　急に辞めたと思ったら、そんなことしてやがったのあいつら！」

リクエストを受けて私が作った鶏の唐揚げに箸をブスッ！　と刺し、紗代ちゃんが声を荒らげる。

「その藤吉って男も最低じゃん！　あああ、私がその場にいたらボッコボコにしてやったのに」

「お、落ち着いて、紗代ちゃん」

ああほら、急に怒り出したご主人様にびっくりしたのか、ソラくんが目を丸くして紗代ちゃんを見てるよ。

「おっと」

彼女はすかさず「急に大きな声出してごめんね。ソラに怒ったんじゃないよ～」と愛猫をなだめ、ソラくんの小さな頭をよしよしと撫(な)でた。

「でも本当、小春が無事で何よりだよ。常務が小春のスマホにＧＰＳアプリ入れて動向チェックするような人でよかったね」

「う、うん」

確かに、最初聞いた時は「そこまでする!?」って思ったけれど、そのおかげで未遂のうちに助けられたんだもんね。

まあ、居場所を探られて困る理由もないし、今回みたいなトラブルの時に便利なので、アプリは入れたままにしている。

「えっと、それで、病院で目が覚めたあと、ついぽろっと告白しちゃって……」

お互いの認識がすれ違っていたこと、華蓮ちゃんとの恋人疑惑が私の勘違いだったことを話す。

すると紗代ちゃんは、「ほら、私の言った通りだったじゃん！」とドヤ顔でのたまった。

（ゆうちゃん、真のドヤ顔とは今の紗代ちゃんみたいな表情のことを言うんだよ……）

先日彼に「めっちゃドヤ顔してる」と言われた時のことを思い出し、私は心の中で言い返した。

「小春は自己評価低すぎ。自分なんかが愛されるわけないって思い込んでるから、相手の好意をまっすぐ受け止められなかったんだよ」

「うう、仰る通りです……」

今思うと、変に捻くれた捉え方をしていた少し前の自分が恥ずかしくてならない。

悲劇のヒロインぶっていたというか、なんというか……

「まあでもさ、雨降って地固まるっていうの？　何はともあれ、常務と両思いになれてよかったじゃん」

「今はもう、『自分が愛されるわけない』なんて思ってないんでしょ？」

羞恥で項垂れる私に、紗代ちゃんが明るく声をかけてくれる。

「……うん」

「よかったね、小春。小春が大好きな人と幸せになれて、私も嬉しいよ」

私の頼もしい友達は、まるで自分のことのように、私の幸福を喜んでくれた。

「紗代ちゃん……」

「ねーっ、ソラ」

「にゃあん」

「ソ、ソラくんまで……！」

ゆうちゃんにフラれたら、紗代ちゃんとソラくんに慰めてもらうんだー、なんて思っていた先週の私に言ってあげたい。

紗代ちゃん達が私にかけてくれるのは慰めじゃなくて、祝福の言葉だよって。

「本当にありがとう。紗代ちゃんがいなかったら、私、告白する勇気なんて持てなかったと思う。話を聞いてくれて、背中を押してくれて、本当の本当にありがとう！」

「あはは、いいってことよ。お礼なら、こうして美味しいごはん作ってもらったしね」

彼女はもう一つ唐揚げを口にして、「んん～」っと身悶える。

「やっぱり小春の特製唐揚げ、めっちゃ美味しい。いくらでも食べられるわ。はあ～、大神常務が羨ましいなぁ。こんな料理上手で可愛い嫁、そうそういないわよ」

「そ、それはさすがに言いすぎだよ、紗代ちゃん」

「そんなことないって。このお味噌汁も出汁がきいてすっごく美味しい。ホッとする味っていうの？　毎日飲みたいくらいだわ」

「えっと……」

手料理を絶賛され、嬉しいやら気恥ずかしいやら。

どう反応したものかと思っていると、鞄に入れていたスマホがブーッブーッと振動してメッセージの着信を告げた。

（あ……）

スマホを取り出すと、画面に届いたばかりのメッセージが表示される。

その送り主は……

「おっ、もしかして大神常務からのラブコール？」

「ラ、ラブコールって」

確かにゆうちゃんからのメッセージだったけれど、そんな、ラブコールとかじゃないよと、私は慌てて否定する。

「会食終わったって。あと二十分くらいで着くから、帰り支度をしておけって」

実は今夜、ゆうちゃんは若手経営者が集まる会食に参加していたのだ。秘書の同伴は必要ないとのことだったので、私はこの機会にと紗代ちゃんの家にお邪魔していたというわけ。

「えー、もう帰っちゃうの？」

「ん、聞いてた時間より早いから私もびっくりした」

ゆうちゃんが迎えに来るまでに食事を終えねばと、残っていた料理を急いで口にする。

そんな私をニヤニヤと眺めながら、紗代ちゃんが言った。

「会食を終えて即迎えに来るなんて、愛されてるねぇ、小春」

「んんっ」

ちょっ、さ、紗代ちゃん。

危うく、口に含んでいたお味噌汁を噴き出すところだった。

（あ、愛されてるとか、そんな……）

改めて口にされると、めちゃくちゃ恥ずかしい。

「ふふっ。照れてる小春もかーわいい」

「もう、紗代ちゃん！」

その後もゆうちゃんとのことをさんざんからかわれつつ夕食を済ませた私は、紗代ちゃんとソラくんに見送られ、彼女の部屋を後にした。

エントランスを出ると、マンションの前に見慣れた車が停まっている。

私は慌てて駆け寄り、助手席に乗り込んだ。

「ごめんなさい。もしかして待たせた？」

タイミングを見計らって出てきたつもりだったけれど、遅かったかな。

シートベルトを締めて謝ると、運転席から「いや、ちょうど今来たところだ」と応えがある。

「そっか、よかった」

「朝倉……だっけ？　お前の同期。食事楽しかったか？」

「うん！　あのね……」

マンションまでの道中、運転するゆうちゃんに紗代ちゃんのこと、今夜彼女に話した内容などを語る。それから、紗代ちゃんが飼っている黒猫、ソラくんのことも。

「でね、ソラくんってすごく人懐っこくて可愛いの。おまけにしゅっとした綺麗な顔立ちのイケメンにゃんこで、紗代ちゃんの言葉に相槌を打つみたいに、「にゃあ～」って鳴くんだよ。賢いよね」

実は紗代ちゃんの部屋にお邪魔している間、何枚かソラくんの写真を撮ったんだ。ゆうちゃんにも見せたいなぁ。

でも今は運転中なので、帰ってから見てもらおう。

「猫なあ……。今まで考えたことなかったけど、お前が欲しいならうちでも飼うか？」

「えっ！　いいの……？」

「ああ。ただし、雄はだめだ。猫とはいえ、お前が他の男をかまうのは気に入らない」

「ええっ！」

（ほ、他の男って、相手は猫だよ……？）

どうやら彼のヤキモチは、人間以外にも発動するらしい。

（あ……。もしかしてゆうちゃん、私が「ソラくん、ソラくん」言うのも気に入らなかっ

たのかな)

けれどそのくせ、私が欲しいなら猫を飼ってもいいだなんて……

「ありがとう、ゆうちゃん」

彼の深い愛情を感じて、胸がきゅうっと締め付けられた。

「……うん。あの部屋でゆうちゃんと猫と一緒に暮らせたら、嬉しいなあ」

私は二人暮らしの部屋に、可愛い猫が加わる未来を思い浮かべる。

ゆうちゃんはなんだかんだ言って面倒見が良いので、にゃんこを可愛がりそう。

(……今度は私の方が、猫にヤキモチをやいちゃうかも)

そんなことを思いつつ車に揺られていたら、マンションに向かう道とは別のルートを走っていることに気づいた。

「あれ? ゆうちゃん、もしかしてどこか寄っていくの?」

「ああ、ちょっとな」

彼は言葉少なに頷(うなず)き、目的地がどこなのかまでは答えない。

(なんだろう? ちょっとした買い物……とかかな?)

その後、十五分ほど走っただろうか。

ようやく辿(たど)り着いた場所は、都内にある大型商業施設だった。

「ほら、行くぞ」

車から降りてすぐ、ゆうちゃんが私の手を引く。

ここへ来たということはやはり買い物かと思いきや、彼が向かったのは施設内のショップではなく、屋上庭園。

（あっ、そういえばここの屋上って、今……）

エレベーターを降り、庭園に繋がる扉を抜けると、視界に光の洪水が飛び込んでくる。

「わあ……！」

冬空の下、屋上は光り輝くイルミネーションに彩られていた。

今年のテーマカラーは白銀と青らしく、まるで木々が雪を被っているかのよう。

さらに広場の中央にあるシンボルツリーにもオーナメントや色とりどりの電灯が飾り付けられ、巨大なクリスマス・ツリーと化している。

お馴染みのクリスマス・ソングに合わせて点滅を繰り返す美しい光のイルミネーションに、私はほうっと感嘆の息を吐いた。

「お前、見たいって言ってたろ」

（そういえば、そんなことを言ったような気も……）

数日前。ゆうちゃんと一緒にテレビを見ていた時、ちょうどクリスマス・イルミネーションの特集をしていて、ここの屋上庭園も取り上げられていたのだ。

綺麗だなぁ、見に行きたいなぁと呟いたのを、言った当人でさえ今の今まで忘れていたというのに、彼はしっかり覚えていて、ここへ連れてきてくれたらしい。

「ありがとう……！」

ゆうちゃんの思いやりが嬉しくて、笑みが零れる。

それから二人で手を繋いで、庭園の遊歩道を歩いた。

平日の夜にもかかわらず、屋上庭園はクリスマス・イルミネーションを見物に来た人達で賑わっている。その多くがカップルで、みんな楽しそうだ。

（わかるなぁ……）

こんな素敵な景色を、大好きな人と一緒に見られるんだもん。

ちらっと、傍らに立つゆうちゃんの横顔を窺う。

彼はすぐに私の視線に気づいて、「なんだ？」と問いかけてくる。

私は「ううん、なんでもない」と答えて、ゆうちゃんの腕にぎゅうっとしがみついた。

なんだか無性にそうしたくなったのだ。人前でいちゃいちゃするのにはまだちょっと抵抗があるけれど、みんなイルミネーションに夢中だし、もっと密着しているカップルも多い。これくらい大丈夫……だよね。

冬の夜、屋上を吹き抜ける風はとても冷たい。

でも、こうして彼と寄り添っているだけで気持ちがぽかぽかして、寒さなんてちっとも苦じゃなかった。

庭園内を一通り歩いて、クリスマス・ツリーや庭園の景色を何枚も何枚も写真に収めて、運良く空いていたベンチに並んで腰かける。

ガラス張りのフェンス越しに都内の夜景が一望できて、まるで星の海を眺めているみたいだ。

「……なあ、小春」

「なあに？　ゆうちゃん」

目の前の景色を見つめていた彼が、ふいに口を開く。

「お前に、渡したいものがあるんだ」

「渡したいもの……？」

なんだろう。ちょっと早めのクリスマス・プレゼントだろうか。

ちなみに今年のクリスマスは平日なので、その前の週末にある実家のクリスマス・パーティーに参加して、当日は二人でささやかにお祝いする予定になっている。

「言っておくが、クリスマス・プレゼントじゃないからな」

それはまた別だと言って、ゆうちゃんがコートのポケットから取り出したのは――

「えっ、こ、これって……」

ロイヤルブルーの綺麗なジュエリーボックス。サイズ的に、指輪用だろう。

驚く私の目の前で、彼がボックスの蓋(ふた)をパカッと開く。

「……っ」

箱の中に収まっていたのは、中央にダイヤモンドを、サイドに私の誕生石であるブルートパーズをあしらった、可愛らしいプラチナリングだ。

「一生大切にする。だから、俺と……」

（ゆうちゃん……）

「俺と、結婚してくれ」

「……っ」

美しい夜景をバックに、ダイヤモンドと誕生石のプラチナリング……

なんだかプロポーズみたいだな。じゃあ、この指輪はエンゲージリングなのかなって思っていたら、本当にそうだった。

（どうし、よう……）

嬉しくて。心が震える。強い歓喜の波が全身を駆け巡り、瞳の奥から熱い涙が込み上げてきた。

「ゆ……ちゃっ……」

彼と恋人になれただけでも夢のようなのに、プロポーズまで……

信じられない。これ、本当に現実……なんだよね？

「前にも言ったろ？『一生お前と添い遂げたい』って。俺は小春と夫婦になりたい」

受け取ってくれるか？　と差し出されたジュエリーボックスを、私は泣きながら受け取った。

「はい……っ」

私も、ゆうちゃんと一生添い遂げたいです。

これからは伴侶として、彼の傍にあり続けたい。

そう頷いた私に、ゆうちゃんは「泣くな、馬鹿」と優しく囁いて——

（あ……っ）

ちゅ、と唇を触れ合わせるだけの、柔らかいキス。

それから私の頬に零れた涙を指の腹で拭い、ぎゅっと抱き締めてくれた。

「……ゆうちゃん、大好き」

「ああ、知ってる」

俺もお前が好きだ、と囁く声が、耳を甘く擽る。

光り輝く美しい屋上庭園で捧げられた、永遠の愛を象徴する指輪と求婚の言葉。

こんな素敵なプロポーズ、きっと一生忘れられない。

「クリスマス・パーティーの時、親父達に結婚の報告をしよう」

抱擁を解き、改めて私と向かい合ったゆうちゃんが言う。

「うん。お父さん達、賛成してくれるかな？」

なんとなく気恥ずかしくて、まだ私達が恋人同士になったってことは家族に伝えていなかった。驚くんじゃないだろうか。

血の繋がらない私を愛情深く慈しんでくれた、大切な、大好きな家族。

だからやっぱり、反対されるよりは祝福されて彼と結婚したいと思う。

「大丈夫だ。みんな喜んでくれる」

「そう……かな」

「むしろ、『ようやくか』って言われそうだけどな。俺の気持ち、家族にはバレバレだったから」

「ええっ⁉」

「お前のいないところで兄貴達からしょっちゅうからかわれてたし、お袋も『いつまで小春を待たせるつもり？』って、うるさかったのなんの」

（ぜ、全然知らなかった）

じゃあきっと、私の気持ちもバレバレだったんだろうなぁ。

それはそれで、恥ずかしい……

「一緒に幸せになろう、小春」

（ゆうちゃん……）

兄と妹で、上司と部下でもある私達。

今はそこに恋人同士という関係が加わって、それは近い将来、夫婦に変わるんだ。

血が繋がっていないとはいえ、「兄妹なのに」と、私達の結婚を快く思わない人達もいるだろう。

不安や、恐れがまったくないと言ったら嘘になる。

でも彼となら、乗り越えられる気がした。

ううん、絶対に乗り越えてみせる。

そして私達は、一緒に幸せになるんだ。

「うん……！」

万感の思いを込めて、私は頷いた。

「小春……」

ゆうちゃんは嬉しそうに口元をほころばせ、私をぎゅっと抱き締める。

「ありがとうな、小春」

「私こそありがとう、だよ」

ロマンチックなプロポーズ、本当に嬉しかった。

（ねえ、ゆうちゃん……）

彼の腕に抱かれ、私はこの先に想いを馳せる。

（いつか……、いつかね）

そう遠くない未来に、家族が増えたらいいなあって、思うんだ。

私を愛してくれた今の家族みたいに、私とゆうちゃんの間に生まれた子に、惜しみない愛情を注ぎたい。

そして最愛の旦那様と、彼が飼ってもいいと言ってくれた猫と、可愛い子どもと。みんなで仲良く暮らしていきたい。

(……なんて。気が早すぎ……かな)

でもいつか、そんな日が来るといいなあ。

そう思いつつ、私はゆうちゃんと共に、美しい光の織りなす幻想的な景色を心ゆくまで楽しんだのだった。

書き下ろし番外編

バレンタインの甘い夜

紆余曲折の末、恋人同士になった私達。

そこからはとんとん拍子に話が進み、クリスマスには家族に報告。年が明け、一月には正式に婚約を発表した。

予想していた通り、親戚など一部から反対の声は上がったけれど、家族が全面的に味方してくれて、六月には結婚式を挙げることに。ちなみに、入籍は式と同じ日を予定している。

私達が長年両片想い状態だったことは、家族にとっては周知の事実だったらしく、報告した時には「やっとくっついたか！」とも言われ、何とも居た堪れなかったっけ。

それでも、大好きな家族が心から祝福してくれて、本当に嬉しかった。

そんなわけで今、私とゆうちゃんは婚約者同士として、六月の式に向けて準備を進めているところ。また、結婚後も仕事を続ける予定なので、これからも秘書として、公私共に彼を支えていきたいと思っている次第だ。

そして、婚約発表などで何かと騒がしかった一月を過ぎ、時は二月の半ば。

今日は十四日。そう、バレンタインデーだ。

私の大学進学を機に二人暮らしするようになってから、ゆうちゃん宛てのバレンタインチョコは毎年、二月十四日の夕食後のデザートとして渡すのがお決まりのパターンとなっている。

その例に漏れず、私は今年も食後の後片付けを済ませたあと、冷蔵庫から手作りのバレンタインチョコを取り出した。

（うう……。なんだか、妙に緊張するなぁ……）

これまでは、義妹から義兄へ贈るチョコだった。

私はずっとゆうちゃんに恋心を抱いていたものの、それを表に出してはいけないと考えていたから、あくまで家族に対する親愛のプレゼントとして、チョコを渡していたのだ（もちろん、密かに想いを込めてはいたけれど）。

でも今年からは想いを隠す必要はない。

恋人として堂々と、彼に本命チョコを贈れるんだ。

そう思うと、無性に胸がドキドキする。

（だって、これが両想いになって初めて贈る、最初のバレンタインチョコになるんだもん）

ちなみにゆうちゃんへのバレンタインチョコは、お菓子作りを覚えた小学校高学年のころから毎年手作りしている。最初は父や祖父、上の兄達に贈るバレンタインチョコも同様に手作りしていたのだけれど、ある年――確か、私が中学に上がったころのことだったかな――にゆうちゃんが「お前の手作りチョコは俺限定。他の奴には作るな」と言い出した。それ以来、ずっと彼にだけ手作りのチョコを贈り、他の人には市販のチョコを用意している。

そんなゆうちゃんの独占欲は婚約者になった今も健在で、世にバレンタインの広告が出始めるなり、「今年ももちろん、お前の手作りチョコを食えるのは俺だけだよな？」と念押しされたほどだ。

おかげで先日、少し早めにバレンタインチョコを渡した上の兄達に、「小春の手作りチョコは、今年も勇斗が独占か？」「結婚が決まったんだから、もう少し心広くなってもよさそうなのにな」などとからかわれてしまった。

なんとも気恥ずかしかったけれど、私としては……その……、ゆうちゃんが私に独占欲を強く抱いてくれることが、嬉しかったりもする。

それに私だって、人のことは言えない。ゆうちゃんが他の女性からバレンタインチョコ、それも、明らかに本命チョコと思えるようなものを渡されているところを見ると、気が気でないもの。

ただ彼は、私の記憶にある限り一度も本命チョコを受け取ったことがない。断れるものはその場で受け取りを拒否しているし、義理チョコや、仕事関係で断れなかった品などは、そのまままるっと秘書課におやつとして寄付しているからだ。

つまりゆうちゃんの口に入るのは、家族から贈られる市販のチョコと、私の手作りチョコだけ。ちなみに祖母や母、義姉（あね）達からのチョコは、私も毎年ご相伴（しょうばん）に預かっていたりする。

「…………」

思えばずっと昔から、ゆうちゃんは私を『特別』にしてくれていたんだ。

もっと早くそのことを素直に受け止められていたら。そして、自分の気持ちを正直に打ち明けていれば、私達はもっと……

（……ううん。今更、たらればを口にしたってしょうがない、よね）

ふいに頭を過（よぎ）った考えを振り払い、私は両手で持ったバレンタインチョコに視線を向ける。

過ぎ去った日々を後悔するより、これから彼と重ねていく日々を大事にしたい。

さしあたっては、この本命チョコを渡さなければ。

今年は本人からのリクエストで、ラム酒を利かせた生チョコを作った。その時に味見したけれど、なかなか上手に作れたと思う。ラッピングもばっちりだ。

私はドキドキと逸る胸をおさえ、リビングのソファでくつろぐゆうちゃんのもとへ向かった。ちょうど新聞を読んでいた彼は、私が近づくのに合わせて新聞を畳み、テーブルに置く。

「お、お待たせしました。これ、今年のバレンタインチョコ……です。どうぞお召し上がりください」

ついしゃちほこばって、丁寧な物言いになってしまった。

そんな私にくすりと微笑みかけ、ゆうちゃんが口を開く。

「ありがとうな、小春」

「う、うん」

どうしてだろう。これまで何度も経験してきたやりとりなのに、妙に緊張してしまう。

(ゆうちゃん、美味しいって言ってくれるかな……)

自分では美味しくできたと思うけど、彼の口に合うか、急に心配になってきた。

「まあ、お前も座れよ」

「う……はい」

確かに、いつまでも目の前に立ちはだかっていたら、ゆうちゃんも食べにくいよね。

促されるまま、彼の隣に腰かける。

するとゆうちゃんは、上機嫌な様子でラッピングを解き始めた。

「………」

彼の指が赤いリボンをしゅるりと解き、濃いブラウンの包装紙を丁寧に剥ぎとっていく。その下にあるのは、平たい黒のボックス。蓋を開け、黒のワックスペーパーを開くと、中にはココアパウダーに包まれた生チョコが石畳のように収まっている。

「おお。今年のも美味そうだな」

（よかったぁ……）

ゆうちゃんの嬉しげな呟きに、私の心も弾む。

しかし続けて彼の口から発せられたのは、思いもよらない言葉だった。

「せっかくだから、小春が食べさせてくれよ」

「えっ？」

私が、チョコを食べさせる……？　ゆうちゃんに？

それっていわゆる、「はい、アーン」ってやつじゃ……

「……っ！」

ようやくゆうちゃんの意図に思い当たり、私はかあああっと頬を熱くする。

（なっ、ななっ……）

今までバレンタインでそんな要求したことなかったのにー！

「ほら、早く」

（うっ）

急かされ、私は躊躇いがちに彼の手にあるボックスへと手を伸ばした。

中にはプラスチック製のピックが一本入っている。それを使って生チョコを摘まもうとしたのだけれど——

「それ禁止な。お前の手で食べたいんだよ」

「あっ」

ピックを没収され、テーブルの方へぽいっと投げられてしまった。

（わ、私の手で……？）

つまり、私の指で生チョコを摘まみ、ゆうちゃんの口へ運べと……？

それって、ピックを使うよりハードル高くない!? 主に私の心のハードルが！ 羞恥心という名の障害がより高くなっているんですけど!!

「うう……っ」

無性に恥ずかしい！

……けれど、彼に「な？ 頼むよ」と再度懇願され、私の心は揺れた。

「小春」

（うぐっ……）

そ、そんな甘い声で私の名前を呼ばないで～っ！

「わっ、わかり、ました……！」

私は覚悟を決め、えいっと生チョコを摘まんだ。

直前まで冷蔵庫に入れていたため、ココアパウダーに覆われたチョコレートはひんやりと冷たくて、ほどよく固い。けれど指先から伝わる熱で、すぐさま柔く蕩けていく。

（わわっ）

私は慌てて、ゆうちゃんの口元にそれを運んだ。

彼はぱくっと口を開け、私の指から直接生チョコを頬張る。

「うん、美味い」

そうして、口の端についたココアパウダーもぺろりと舐めた。

その仕草がなんとも艶っぽくて、ドキドキしてしまう。

さらにゆうちゃんは、何を思ったのか私の手を掴むと、指先についたココアパウダーまでぺろりと舐めるではないか。

「ひゃ……っ」

ただ指を舐められただけ。

それなのに、ぞくぞくっとした甘い痺れが背筋に走る。

「この生チョコ、口の中ですぐに溶けるな。ほら、小春も食べてみろよ」

誰かさんのせいですっかり穏やかならざる私の心中を知ってか知らずか、ゆうちゃんは自分の指で生チョコを一つ摘まみ、私の口元へ運ぶ。

「んっ……」

半ば無理やり食べさせられたその生チョコは、不思議に、一人で味見した時よりもずっと甘く感じられた。

「な？　美味いだろ？」

「う、うん……」

彼が先ほど言ったように、生チョコは口の中であっという間に溶けてしまうくらい柔らかい。ほんのり苦くて、かつ身も心も蕩けるように甘い。さらにほんのり主張するラム酒の風味が、心地良く舌の上に残った。

我ながらいい出来だと思う。

で、でも、チョコの味云々の前にですね、今の、この、シチュエーションが……っ！

（しかもゆうちゃん、なんでどんどん顔近づけてくるの!?）

動揺する私の唇に、ちゅっと軽いキスが与えられる。

かと思うと、彼はわずかについたココアパウダーを綺麗にするみたいに、私の唇を舐めた。

（ひゃあああ……っ）

自分で自分の唇を舐めても何も感じないのに、ゆうちゃんの舌でそうされると、もう、なんだか色々とだめだ……っ！

「甘い、な」

それってチョコが⁉　それともキスが⁉

「もっともっと、味わいたくなる」

彼はそう囁（ささや）いて、生チョコをもう一つ口にした。

そしてそれを食べきる前に、再び私の唇を奪って……

「んんっ……」

思わず開いた唇の間から、生チョコを押し込まれる。

それを味わうようにゆうちゃんの舌がうごめき、二人の熱で、チョコが溶けていく。

「んっ……ぁっ……」

甘く、文字通り蕩（とろ）けるようなキスに翻弄（ほんろう）され、私はもうなすすべもなかった。

「……っ、はぁ……っ」

どれくらい、口付けを重ねていただろう。

ようやく身を離したゆうちゃんは、頬を上気させ、わずかに息が上がった私に、艶（つや）っぽく微笑みかけてこう囁（ささや）いた。

「続きはベッドの上で、な」

「～っ」

こうして私は残りのバレンタインチョコと共に、ベッドの上で美味しくいただかれることになったのだった。

恋愛小説「エタニティブックス」の人気作を漫画化！

原作 なかゆんきなこ Nakayun Kinako
漫画 渋谷百音子 Shibuya Moneko

EC Eternity COMICS

俺様御曹司は義妹を溺愛して離さない

生後間もなく捨てられていたところを少年・勇斗に拾われ、名家の養女となった小春。
成長した小春は、命の恩人であり、義理の兄でもある勇斗の秘書を務めながら、彼に秘めた恋心を抱き続けていた。そんなある日、小春は強引にすすめられたお見合いで見合い相手に襲われそうになる。そこへ勇斗が現れ、事態は事なきを得るが、「自分のものに手を出された」と怒った勇斗は小春に甘く過激に迫ってきて……!?

B6判　定価：704円（10％税込）　ISBN 978-4-434-29879-0

恋愛小説「エタニティブックス」の人気作を漫画化!
EC
Eternity COMICS
Migawarino Konyakusya ha koi ni naku.
身代わりの婚約者は恋に啼く
漫画 秋月綾
原作 なかゆんきなこ
身代わりの婚約者は恋に啼く。
志穂
美穂
嬉しいけど…胸が痛い
志穂しかほしくない
楓馬さんを慰めることができるなら——
んっ
両親から優秀な双子の姉と比べられて育った志穂(しほ)。ある日彼女は、姉の政略結婚の相手・楓馬(ふうま)に一目惚れしてしまう。許されない想いを隠し続けてきた志穂だったが、突然、姉が事故死し代わりに楓馬と婚約することに……。
自分は姉の身代わりに過ぎない——…
そんな志穂の想いとは裏腹に、楓馬は本当の恋人のように優しく淫らに志穂を抱いて——?
B6判 定価:704円(10%税込) ISBN 978-4-434-28118-1

本書は、2020年3月当社より単行本として刊行されたものに、書き下ろしを加えて文庫化したものです。


この作品に対する皆様のご意見・ご感想をお待ちしております。

おハガキ・お手紙は以下の宛先にお送りください。

【宛先】

〒150-6008 東京都渋谷区恵比寿4-20-3 恵比寿ガーデンプレイスタワー 8F
（株）アルファポリス　書籍感想係

メールフォームでのご意見・ご感想は右のＱＲコードから、
あるいは以下のワードで検索をかけてください。

ご感想はこちらから

エタニティ文庫

俺様御曹司は義妹を溺愛して離さない

なかゆんきなこ

2022年2月15日初版発行

文庫編集－熊澤菜々子
編集長－倉持真理
発行者－梶本雄介
発行所－株式会社アルファポリス
〒150-6008 東京都渋谷区恵比寿4-20-3 恵比寿ガーデンプレイスタワー8F
TEL 03-6277-1601（営業） 03-6277-1602（編集）
URL https://www.alphapolis.co.jp/
発売元－株式会社星雲社（共同出版社・流通責任出版社）
〒112-0005 東京都文京区水道1-3-30
TEL 03-3868-3275
装丁イラスト－逆月酒乱
装丁デザイン－ansyyqdesign
印刷－中央精版印刷株式会社

価格はカバーに表示されてあります。

落丁乱丁の場合はアルファポリスまでご連絡ください。

送料は小社負担でお取り替えします。


ISBN978-4-434-29968-1 C0193